Patrick Schraven

Sag niemals Knie

Realsatire

Impressum

Bibliografische Information der Deutschen Nationalbibliothek:
Die Deutsche Nationalbibliothek verzeichnet diese Publikation in der Deutschen Nationalbibliografie; detaillierte bibliografische Daten sind im Internet über http://dnb.dnb.de abrufbar.

Korrektorat: Claudius Hörth

Herstellung und Verlag: BoD – Books on Demand, Norderstedt

ISBN: 978-3-7578-2267-5

Inhalt

Hallo, ich bin`s. Patrick Schraven. Gesegnet mit der vollkommen unnützen Gabe, der Realität mit all ihrem Wahnsinn und all ihren Facetten nicht entkommen zu können, gefangen zu sein in dem Hamsterrad, das sich Leben nennt.

Ich habe das therapeutische Schreiben für mich entdeckt. Den ganzen Irrsinn in seiner reinsten Form einfach mal durch die Finger über die Tastatur fließen lassen und in dem „Alte-Menschen-Sozialen-Medium" Facebook meine Kontakte teilhaben lassen. „Geteiltes Leid ist halbes Leid" heißt es ja so schön, also habe ich getippt und gepostet, was das Zeug hält. Was dann passiert ist, kam für mich völlig unerwartet.

Das Buch

„Schreib ein Buch" haben sie gesagt. Meine Geschichten müssten auf Papier. Man würde es kaufen, haben sie mir versprochen. Also bin ich dem Ruf der Vielen gefolgt, habe mich hingesetzt und meine Geschichten zu Papier gebracht, beziehungsweise zu „Textverarbeitungsprogramm". Es geht mir tatsächlich gut von der Hand, ich bin in ziemlich kurzer Zeit fertig. Jetzt muss der Text ja eigentlich nur noch zum Verlag. Ich habe mich für einen Verlag entschieden, der „Books on Demand" anbietet. Das bedeutet, dass ich den Text hinschicke, und die machen auf Abruf ein Buch daraus. Super.

Man bietet mir direkt Vorlagen an, mit denen ich das Buch gestalten kann. 12 x 19 cm soll das Format sein. Ich kopiere den Text und füge ihn ein in die Vorlage. Das Format ist korrekt gewählt, also sende ich die fertige Datei über eine Bedienplattform an den Verlag. Ich bekomme eine Fehlermeldung. Das gewählte Format stimmt nicht mit dem tatsächlichen überein. Ich schaue mir das Ganze noch einmal an und kann keinen Fehler erkennen. Trotzdem füge ich den Text erneut in die Vorlage ein. Ich speichere meine Arbeit ab, kontrolliere vorher noch einmal das Format. 12 x 19 cm. So, wie ich es möchte. Ich sende den Text als PDF, so wie verlangt, über eine Eingabemaske an den Verlag. Ich erhalte eine Fehlermeldung. Das Format stimmt nicht. Ich bekomme den Tipp, das Format vor dem Einsenden zu überprüfen. Aha ... Also nochmal von vorne.

Ich kontrolliere doppelt und dreifach, ob alles richtig ist. Ich finde schon, sende die Datei ab und erhalte eine Fehlermeldung. Das Format stimmt nicht. Vielleicht funktioniert mein PDF-Umwandler nicht richtig.

Ich suche im Internet nach einem entsprechenden Programm und werde fündig. Ein Anbieter, der auch Bildbearbeitungssoftware anbietet – klingt gut für mich. Ich lade die kostenfreie Version herunter, nehme alle Einstellungen vor, kopiere den Text in die Vorlage vom Verlag, möchte die Datei umwandeln und abspeichern und bekomme per Popup-Fenster das Angebot, entweder für 17,90 Euro monatlich ein Abo abzuschließen oder die kostenlose Version zu nutzen. Natürlich möchte ich die kostenlose Version, ich möchte einen Text umwandeln in ein gängiges Dateiformat und nicht Großaktionär einer Softwarefirma werden.

Ich wandele meine Datei kostenlos um, kontrolliere das Ergebnis und stelle fest, dass nur 50 Prozent des Textes vorhanden sind. Der Nachteil der kostenlosen Version. Ich spüre eine leichte Aggression in mir aufsteigen, suche eine Alternative und finde eine Software. Allerdings ähnelt die Schrift dort „Wingdings", ich habe keine Ahnung, aus welchem Landstrich dieses Planeten dieser Anbieter kommt. Ich sehe eine deutsche Flagge auf der Homepage, klicke darauf und freue mich, dass ich die Oberfläche jetzt auch auf Deutsch lesen kann. Also zumindest meint der Google-Translator light in der Version von 1990 wahrscheinlich, dass das, was er mir da anbietet, halbwegs Deutsch klingt. Ich habe Phantasie, das hilft hier ungemein.

Ich kann meinen Text in einer Maske einfügen und dann das ganze „Transgenderieren". In das richtige Format. Hoffe ich. Ich schicke die Datei erneut dem Verlag. Ein grüner Haken, ein Dankeschön, mein Buch wird nun bearbeitet. Wenige Tage später bekomme ich per Mail mitgeteilt, dass mein Buch nun bestellt werden kann, es ist gelistet, hat eine ISBN und ist auch in der Deutschen Nationalbibliothek zu finden.

Ich bestelle für mich fünf Exemplare, gehe davon aus, dass ich als Autor nicht allzu lange warten muss. Über die für mich gängigen Kanäle sende ich die Bestellnummer für das Buch hinaus in die weite Welt, bereits am nächsten Tag erkenne ich, dass die ersten Exemplare geordert wurden.

Es vergeht eine Woche. Ich habe Feedback erhalten. Das Buch sei toll, ich wäre bestimmt stolz, mein eigenes Buch im Schrank stehen zu haben. Das kann ich abschließend so noch nicht beurteilen, denn meine Bücher sind noch nicht angekommen. Ich beschließe, den Verlag anzuschreiben. Ich frage höflich an, wann ich eventuell mit dem Eingang rechnen könne und erhalte eine E-Mail folgenden Inhalts:

„Sehr geehrter Herr Schraven, wir bedauern, Ihnen keinen konkreten Liefertermin nennen zu können …" Es folgt eine Erklärung, dass Corona eine Halbierung der Belegschaft zur Folge hat und es deswegen zu Verzögerungen kommt. Man bittet mich um Entschuldigung und Verständnis. Ich entschuldige und verstehe.

Das Feedback der Käufer ist ungebrochen gut. Viele fotografieren die Bücher und laden sie in diversen sozialen Netzwerken hoch. Ich freue mich über die Rückmeldungen und finde das Bild auf dem Cover recht gut gelungen. Ich kann es ja nur auf den Fotos sehen, denn ich halte noch immer keine eigenen Exemplare in meinen Händen.

Ich bemühe erneut den E-Mail-Support des Verlages und erhalte eine Antwort mit folgendem Text:

„Sehr geehrter Herr Schraven, wir bedauern, Ihnen keinen konkreten Liefertermin nennen zu können ..." Es folgt eine Erklärung, dass Corona eine Halbierung der Belegschaft zur Folge hat und es deswegen zu Verzögerungen kommt. Man bittet mich um Entschuldigung und Verständnis. Ich entschuldige und verstehe erneut.

Mittlerweile sind fast vier Wochen vergangen seit meiner Bestellung und es fragen mich Leser, wann ein zweiter Teil kommt. Ich arbeite daran. Ich schreibe eine Geschichte und nenne sie „Das Buch". Ich beschließe, den Verlag ein letztes Mal anzuschreiben, und möchte herausfinden, ob wirklich ein Mensch diese Nachrichten liest.

Meine Mail lautet:

„Hallo Ernie, hallo Bert,

ich warte nun schon seit fast vier Wochen auf meine Bücher. Ich bin der Autor und ich muss bis zum Schluss warten? Ich bitte um Überprüfung, ob der Vorgang nicht beschleunigt werden kann, denn mittlerweile bin ich wirklich traurig.

Mit freundlichem Gruß
Präsident Trump"

Ich erhalte folgende Antwort:

„Sehr geehrter Herr Ex-Präsident,

wir bedauern sehr, ihre Bücherbestellung bisher nicht bearbeitet haben zu können. Wir sind pandemiebedingt dazu gezwungen, die Anzahl der Mitarbeiter in der Druckerei zu halbieren. Daher kommt es leider zu Verzögerungen in der Fertigung. Dazu sind wir bestrebt, die Bestellungen von Buchhandlungen, ehemaligen Staatsoberhäuptern und Onlineanbietern priorisiert zu bearbeiten.

Ich habe Ihre Bestellung ebenfalls priorisiert, sodass sie ihre Bücher so bald wie möglich in Händen halten können.

Mit freundlichem Gruß"

Humor haben sie ja, denke ich und warte trotz allem genervt tatsächlich noch weitere zwei lange Wochen auf meine Exemplare. Als ich sie endlich in Händen halte, ist es ein großartiges Gefühl. Ich bekomme weiterhin viel positives Feedback und erste Rufe nach einer Fortsetzung werden laut. Zunächst aber möchte ich in diesem Moment, am Esstisch sitzend, dieses gute Gefühl für mich konservieren.

Nachdem ich das erste Buch geschrieben habe und mich viele Leser tatsächlich um eine Fortsetzung gebeten hatten, habe ich überlegt, wie ich es anfangen will. Konstruktive Kritik ob meines durchaus roh anmutenden Erstlingswerkes wollte ich mir ebenso zu Herzen nehmen wie auch den Wunsch einiger, überrascht zu werden.

Ich habe lange überlegt, wie ich dieses Buch nun in eine ansprechende Form bekomme. Im ersten Teil hatte ich, das muss ich hier zugeben, einfach eine Schriftgröße gewählt, die mir eine hohe Anzahl an Seiten versprach. Das ging deutlich nach hinten los, denn teilweise überschnitten sich die Großbuchstaben mit den Lettern in den darüber liegenden Zeilen. Auch Rechtschreibfehler fanden sich häufig. Das ist natürlich ein Grund, sich ein wenig zu schämen, denn obwohl ich in meiner Schulzeit Deutsch als Leistungskurs belegt hatte, musste ich die Korrekturfunktion meines Textverarbeitungsprogrammes in Anspruch nehmen. Ich konnte nicht ahnen, dass die Programmierer scheinbar denselben Deutschlehrer hatten wie ich.

Außerdem wurde auch die Grammatik mitunter zum Ritt auf der Rasierklinge. Ich bin kein professioneller Autor und ich tue mich mit vielen Dingen schwer, die bei erfolgreichen „Kollegen" (ich lehne mich soeben sehr weit aus dem Fenster, das weiß ich) ein Verlag übernimmt. Hilfe musste also her.

Ein Freund und positiv-kritischer Begleiter meiner Arbeit bot mir seine Hilfe an. Layout, Schriftart, Schriftgröße, Gestaltung und ein Füllhorn an Feedback hat diesem Buch den Schliff gegeben, und ich darf behaupten, dass dies auch dieser Unterstützung wegen das beste Buch ist, das ich bisher geschrieben und verlegt habe. Vielen Dank.

(Anm. d. Korr.: Bitteschön. Es war mir eine Freude.)

Ich habe mich dazu entschlossen, auch in diesem Buch wieder Anekdoten einzustellen, die ich bereits in sozialen Medien veröffentlicht habe. Aber die Facebookperlen sollen dieses Mal nicht der Hauptinhalt sein. Seid gespannt, lehnt Euch zurück und habt Spaß beim Lesen.

Philosophie

Man hat mich mal gefragt, ob ich den Dingen, die mir passieren, nicht einmal mit einem philosophischen Ansatz begegnen möchte.

Ich finde die Idee zwar interessant, aber ich muss zugeben, dass ich Philosophie schlicht nicht kann, da sich meine Berührungspunkte mit diesem Thema auf zwei Schuljahre beschränken. Schon damals hatte ich das Gefühl, dass mich das nicht interessiert. Mein damaliger Lehrer raubte mir bereits in der ersten Stunde die Illusion, hier interessanten Unterricht erleben zu dürfen.

Es war im Gegenteil sehr anstrengend, sich mit der Frage auseinanderzusetzen, warum ein Apfel süß schmeckt. Weil da Zucker drin ist, für mich eine logische Erklärung. Aber wenn man den Apfel aufschneidet, ist da gar kein Zucker, aber er schmeckt trotzdem süß. Es ist also Süße im Apfel. Oder wir denken uns, dass der Apfel süß schmeckt, weswegen er dann auch süß schmeckt. Süße ist ein Produkt unserer Gedanken. Ab diesem Zeitpunkt verfolgte ich den Unterricht im Tarnmodus. Ich machte mich nicht bemerkbar, weder durch sinnvolle Beiträge, noch durch

Stören. Somit glitt ich mit einem „Anwesenheits-Ausreichend" durch meine Philosophiekarriere. Aktiv wurde ich immer dann, wenn der Lehrkörper uns Texte zum Lesen mitbrachte. Nicht, weil diese mich interessierten, sondern vielmehr, weil er darauf verzichtete, den Kopierer im Lehrerzimmer zu bemühen, als vielmehr Matrizen herzustellen. Diese rochen nach Alkohol und nach 45 Minuten intensivem Schnüffeln an den Blättern ging es für mich stets gut gelaunt in die folgende Pause.

Philosophie musste aber auch etwas mit den Menschen machen, die sich damit beschäftigten. Unser Lehrer war stets in sich ruhend, blieb entspannt, auch wenn wir pubertierenden Drecksäcke über Tische und Bänke gingen. Also ich nicht, Tarnmodus und so. Er bat uns in der immer gleichen, monotonen Endlosschleife, doch bitte ruhig zu sein und unsere Plätze wieder ein-zunehmen, er wolle doch gerne mit dem Unter-richt fortfahren, wenn es für uns in Ordnung wäre. Für diese Grundruhe habe ich ihn stets beneidet.

Es gab zwischen den beiden Gymnasien, die sich in diesem Stadtteil in unmittelbarer Nähe zueinander befanden, eine kleine Kneipe. Diese war ein beliebter Treffpunkt für Schüler. Auch mein Philosophielehrer verkehrte dort des

Öfteren. An einem Freitagabend wurde mir schlagartig klar, dass das In-sich-Ruhen dieses Lehrkörpers nicht nur auf die philosophische Betrachtung des Seins zurückzuführen war: Er wurde von einer Zivilstreife der Polizei einen Joint rauchend auf der Toilette aufgegriffen.

Mir fehlt also der Zugang zur Philosophie, was mir das Betrachten meines Lebens aus diesem Blickwinkel unmöglich macht. Drogen kommen mir nicht in den Körper, und so muss ich mich weiter unbedarft und ungeschützt mit der Realität auseinandersetzen. Ich möchte ehrlich sein: Die nackte, ungetrübte Realität ist auch irgendwie viel witziger.

Knie und Therapie – ein Reha-Tagebuch (1. Teil)

Im Laufe der Zeit habe ich zeitweise aus den Augen verloren, warum ich überhaupt geschrieben und mich dem „Netto-Wahnsinn" hingegeben habe. Dann gibt es die Momente, oft direkt nach dem Aufstehen, da wird mir schmerzhaft bewusst, welches Problem mich piesackt. Teile von mir sind erst sechs Jahre alt. Von einem Neuteil habe ich mir eigentlich etwas anderes versprochen. Ich meine, es ist ja nicht wie für ein altes, gebrauchtes Auto, für das man auf dem Schrottplatz eine gebrauchte Lichtmaschine besorgt. Mein Knie war wunderbar neu. Chirurgischer Stahl und Titan. Steril glänzend und Stabilität versprechend. Dass ich drei Jahre später an einem doppelten Toeloop mit eingedrehter Doppelschraube auf dem Boden einer Bäckerei meine damalige Zukunft komplett fehlleiten würde, konnte ich nicht ahnen, als mich der Narkosearzt aufforderte, nach der Injektion des Betäubungsmittels bis zehn zu zählen.

Drei Jahre „post OP" …

Nach Monaten des Wartens sehe ich endlich Licht am Ende des Tunnels. Vor beinahe sechs Monaten bin ich auf der Arbeit gestürzt. Auf dem glatten Boden in der Bäckerei, in der ich mit viel Freude hervorragende Backwaren an den Mann/die Frau gebracht habe, hatten sich diverse Körner ebenso diverser Brötchensorten zu einer unangemeldeten Demo zusammengerottet und verwandelten diesen Boden in eine eisglatte Fläche. Wie eine Eisprinzessin drehte ich eine Pirouette, hob unkontrolliert ab wie eine Drohne, die von einem Zweijährigen gelenkt wird, legte mich waagerecht in die Luft wie ein Wrestler und landete hart und schmerzhaft hinter der Theke auf dem Boden.

„Hier unter der Kasse müsste man mal wieder fegen", dachte ich. Seltsam, welchen Gedanken man nachhängt, wenn man versucht, den Schmerz auszublenden. „Und da ist ja auch der Kugelschreiber, den ich schon den ganzen Tag gesucht habe." Ich hatte vergessen, zu erwähnen, dass ich diese Flugeinlage während eines Kundenkontaktes fabriziert habe.

Während ich dort auf dem Boden liege, halte ich in der nach oben ausgestreckten Hand die Brötchentüte des Kunden. Ein scheinbar göttliches Bild, denn der Kunde kann sich einen Kommentar nicht verkneifen. „Sie müssen mir mit der Tüte etwas entgegenkommen, so lang ist mein Arm nicht!" Dabei lacht er herzlich. Das steckt an. Ich raffe mich auf, reiche ihm seine Backwaren und verabschiede ihn in den Abend.

Noch zwei Stunden bis zum Feierabend. Über die Routine verdränge ich den zunehmenden Schmerz im linken Bein. Abends zu Hause offenbart sich das ganze Desaster. Ich bekomme nur mit Mühe die Hose über das stark angeschwollene Knie. Es hat die Größe eines Fußballs, ist heiß und jetzt, in Ruhe, kommt der Schmerz. Meine beste Hälfte bittet mich, zum Arzt zu gehen. Geht nicht, am nächsten Tag ist Frühschicht.

Zwei Tage halte ich durch, dann beginnt der Wahnsinn, den ich bereits in meinem Erstlingswerk zu genüge breitgetreten habe. Liedtexte, Fischpreise, Schlagersänger und alte Damen. Müßig zu erklären, dass in den drei folgenden Monaten nicht wirklich zielgerichtet an meinem Bein gearbeitet wird. Ich bekomme lediglich Krankschreibung über Krankschreibung.

Irgendwann hat die Ärzteschaft ein Einsehen und überweist mich an die Klinik der Berufsgenossenschaft. Hier erfahre ich, was es bedeutet, „behandelt" zu werden. Zwei Assistenzärzte, ein Oberarzt und sogar der Chef machen sich bei zwei Terminen ein genaues Bild der Situation und kommen zu dem Ergebnis, dass eine ambulante Reha genau das Richtige ist.

Jetzt also Rehabilitation. Genauer gesagt Berufsorientierte Rehabilitation. Mitten in einem Industriegebiet, in einem unscheinbaren Gebäude versteckt, findet man die Einrichtung. Ich habe meinen ersten Termin. Da in Duisburg scheinbar Straßennamen-Armut herrscht, gibt es die Straße zweimal und natürlich steuere ich zunächst die falsche Adresse an. Wer lesen kann, ist klar im Vorteil, denn auf einem Zettel, der mir mit den Unterlagen zugesandt wurde, steht, dass man bitte die Postleitzahl ins Navi eingeben soll. Ich bin ein Mann, ich brauche das nicht und lande anstatt vor dem Rehazentrum vor einem Bordell. Mir dämmert, dass ich hier falsch bin. Ein kurzes Telefonat bestätigt meine Annahme und mit leichter Verspätung erreiche ich kleinlaut und zerknirscht die richtige Location. Ein super Start. Am ersten Tag prompt zu spät. Man nimmt es mit

Humor, erklärt mir, wo ich mich umziehen kann, und bittet mich, zu warten, ich werde aufgerufen.

Der Arzt, der mit mir die Eingangsuntersuchung macht, ist sehr bemüht, berührt mein Knie eher sanft und vorsichtig. Ich erkläre ihm, dass er nicht zimperlich sein muss, eine fatale Aussage. Er greift beherzt zu und ich verspüre den Drang, einzunässen oder laut zu schreien. Ich entscheide mich für das Zweite. Er erschrickt ein wenig und diktiert seiner Sprechstundenhilfe, dass „der Patient druck- und schmerzempfindlich im Bereich des linken Knies" ist. Hätte er mich gefragt, ich hätte es ihm verraten, aber ich hatte ja lieber eine große Klappe.

Er nimmt mein Bein, greift in die Kniekehle und hält meinen Fuß, schaut mich an und erklärt mir, dass das jetzt etwas unangenehm werden könne, ich solle mal tief einatmen. Ich möchte mich mental auf das vorbereiten, was da jetzt kommt und will gerade tief Luft holen, als er an meinem Fuß drückend das Knie in Richtung Brustkorb schiebt. Ich hatte vergessen, ihm zu sagen, dass ich der König der Schonhaltung bin, inthronisiert bereits vor vielen Jahren, und diese Bewegung – wie viele andere auch – in meinem Bewegungsportfolio nicht vorgesehen ist. Zu spät. In meinem

Bein knirscht und scheppert es, es klingt fast, als würde man mit Luftpolsterfolie knistern, nur nicht so entspannend. Er bemerkt eine – oh Wunder – Bewegungseinschränkung, klappt meine wie ein Froschschenkel zusammengezogene linke untere Extremität wieder auseinander und legt sie auf die Liege.

Über den Schreck habe ich vergessen, Luft zu holen, dies hole ich jetzt geräuschvoll nach. Ich hoffe auf eine kleine Pause, jedoch vergeblich. Er setzt sich an seinen Schreibtisch und fordert mich auf, das Bein ausgestreckt zu halten und anzuheben. Während ich mich abmühe und genau weiß, dass ich aussehe wie ein Käfer, der auf dem Rücken liegt, feuert er mich an. Ich solle „ziehen" und ruft dauernd „kommse, kommse". Und ich soll atmen, sagt er. Ich bemerke in diesen Tagen öfter, dass ich den Atemreflex quasi deaktivieren kann, sobald ich mich anstrengen muss. Besorgte Therapeuten werden hierzu diverse Vermerke in meiner Krankenakte machen.

Ich bin für diesen Moment entlassen und darf mich wieder in der Wartezone einfinden, wo mich nach kurzer Zeit eine junge Dame abholt und mich vermessen möchte. Sie misst Dinge wie Beugegrad im Kniegelenk, Beinlänge und so weiter. Als sie meine Wade vermisst, lacht sie leise, weil sie auf der Suche nach nennenswerter Muskulatur schlicht nicht fündig wird. Sie greift ein wenig in die schlaff dort herumhängende Haut und bemerkt, dass dort noch viel Platz für Muskeln ist. Ich schäme mich ein bisschen, weil ich mir eigentlich nicht unfit vorkomme.

Kaum wieder in der Wartezone angekommen, werde ich zum nächsten Programmpunkt gebeten: Das Gespräch über die *B*erufs *O*rientierte *R*eha (in der Folge schlicht BOR genannt). Man fragt mich, welchen Belastungen ich im Berufsleben ausgesetzt bin und erklärt mir, dass man das hier nachstellen könnte.

Nach dem theoretischen Teil folgt nun die Praxis. Man möchte sich einen Eindruck von meinem Gangbild machen. Dazu soll ich einen Kilometer laufen. Da die Halle dies nicht hergibt, soll ich zwanzig Mal von Wand zu Wand laufen. Nach wenigen Malen fühle ich mich beobachtet, weil ich wie ein Tiger im Käfig hin und her laufe.

Ich schaue wohl auch grimmig, denn die Therapeutin ruft mir zu, dass es mit einem Lächeln auf den Lippen einfacher geht. Lächeln, also das Hochziehen der Mundwinkel, verbraucht Energie, die ich benötige, um diese Wegstrecke zu bewältigen. Ich belasse es also bei den Merkel 'schen Mundwinkeln und tigere weiter hin und her.

Als ich endlich wieder bei ihr ankomme und mich grade setzen will, deutet sie auf die Treppe, 15-stufig, und möchte sehen, wie ich diese hoch und herunter laufe, und zwar fünf Mal. Ich schaue sie ungläubig an, ihr Blick bleibt kalt und ich klettere los. Nach dem zweiten Aufstieg bemerke ich erneut, dass sich mein Atemreflex verabschiedet, wenn ich mich anstrenge. Obenstehend japse ich nach Luft. Ein junger Mann, durchtrainiert und schlank, federt an mir vorbei die Treppe herunter, dreht den Kopf und sagt, ich müsse atmen, das würde das Treppe Steigen erleichtern.

Irgendwann habe ich unter Fokussierung auf das Wesentliche – Beine bewegen und atmen – wieder die Dame erreicht, die mir nun endlich einen Platz anbietet. Ihr ist aufgefallen, dass ich hinke, einen krummen Rücken habe und beim Treppe Steigen oft das Atmen vergesse. Ich bin nicht überrascht.

Tag 1

Ich habe schlecht geschlafen. Die Testungen haben mich wirklich geschafft. Jetzt sitze ich wieder im BOR und harre der Dinge, die da kommen. Der lustige Herr, der mir am Vortag auf der Treppe begegnet ist, holt mich ab. Ich soll Übungen an den diversen Sportgeräten erhalten. Er bemerkt beim Blick in meine Akte, dass ich ja de facto keine nennenswerte Muskulatur hätte und wir das hier im Geräteparcours nun ändern würden. Ich möchte nicht näher darauf eingehen. Nur so viel   Ich habe mich für meine Tränen nicht geschämt.

Nach 90 Minuten: Wartezone. Eine junge Frau ruft mich auf, ich steige wieder die Treppe des Schmerzes hinauf, folge ihr in einen Behandlungsraum. Ich bin missmutig, denn eigentlich mag ich nicht mehr gequält werden, als sie mir eröffnet, dass ich nun ein wenig Wellness bekomme.

Och ja. Da sage ich nicht Nein. Die deutlich ausgebildete Knieschwellung wird sanft wegmassiert. Ich bin fast an der Schwelle zum Wegdämmern, als sie plötzlich laut in die Hände klatscht und mir zuruft, dass es das für heute war.

Ein Blick auf die Uhr macht mir klar, dass hier in dieser Einrichtung ein fehlgeleitetes Zeitmanagement betrieben wird. 20 Minuten Massage können die stundenlange Quälerei nicht aufwiegen. Ich beschließe, mein loses Mundwerk sinnvoll zu nutzen und den Missstand bei der nächsten Visite zur Sprache zu bringen. Ich darf danach nach Hause. „Nach Hause" … wie schön das klingt.

Tag 2

Mit dem Wissen, was mich erwartet, betrete ich diese sportliche Vorhölle. Gerätetraining steht auf dem Programm. Ich soll mich zuerst auf dem Rad warmfahren. Mit wenig Widerstand. Okay. Ich schwinge mich auf das stationäre Vehikel, trete leicht in die Pedale und nehme die Einstellungen vor. Leider schaue ich nicht genau hin. Ich bin ein Kerl, passt also schon und strampele mich redlich ab und lege eine unglaubliche Umdrehungszahl vor, als eine Therapeutin im Vorbeigehen auf mein Display blickt und mich fragt, ob das so besprochen sei. Ich bejahe. Kurze Zeit später steht der junge Mann neben mir, der mich eingewiesen hat an den Geräten, schüttelt den Kopf und stellt das Rad richtig ein. 10 Minuten bei 40 Watt und nicht 40 Minuten bei 10 Watt. Ich muss mich wahrscheinlich mal auf das konzentrieren, was hier so passiert.

Danach Beinpresse. Im Prinzip liegt man herum, hat die Beine an eine Metallplatte gestellt und versucht, die Liegefläche, die auf einer Schiene befestigt ist, durch das Ausstrecken der Beine wegzudrücken. 30 Kilo Gewicht müssen bewegt werden. Schnickschnack, denke ich und mühe mich erneut redlich. In meinem „Reha-Zeugnis" wird stehen „Er war unter Anleitung im Rahmen seiner lediglich rudimentär vorhandenen Möglichkeiten stets bemüht". Ich fühle mich gut. Ich drücke mich zehnmal weg von der Platte und bin ein bisschen stolz, als mir einfällt, dass ich das zwanzigmal machen muss, das ganze dreimal wiederholt. Also sechzigmal. Wer denkt sich sowas aus? Ach ja, der nette, federnde Therapeut. Ich freue mich, es geschafft zu haben.

Eigentlich ist danach Krankengymnastik angesagt, aber ich schaue scheinbar so mitgenommen aus, dass ich Wellness bekomme. Ich beschließe, das leidende Gesicht zu kultivieren, und erhoffe mir einen kleinen Vorteil. Memo an mich: Die lassen sich hier nicht verarschen, das werde ich in den kommenden Tagen merken.

Die Tage hier sind immer gleich. Gerätetraining, Krankengymnastik, BOR und Wellness. Jeden Tag aufzuschreiben wäre nur, um auf entsprechende Seitenzahlen zu kommen. Ich spüre einen positiven Effekt. Ich fühle mich fitter, man bestärkt mich hier, kleinere Übungen auch zu Hause zu machen, man bescheinigt mir zunehmende Fitness, und auch die junge Frau, die beim

Muskel-Suchbild an meiner Wade leider nicht erfolgreich war, erkennt nun Fortschritte.

Nach wenigen Tagen erwischt mich eine laufende Nase. In Zeiten der Pandemie bedeutet das, dass ich eine Pause einlegen muss, bis ein negativer Test vorliegt. Ich werde in der Zeit meiner Reha diverse Test machen. Sollte diese Seuche irgendwann einmal an Relevanz verlieren, werden mir die Stäbchen in Rachen und Nase fehlen.

Der negative Effekt der Zwangspause ist, dass ich den mühsam aufgebauten Fitnesszustand wieder verliere, was daran liegt, dass ich ja krank bin – „laufende Nase". Dieser, für mich als Mann, Nahtod-ähnliche Zustand lässt mich als aktive Komponente wenigstens das Bein hochlegen. Mehr ist nicht zu erwarten, bringt aber auch nicht viel. Ich bekomme die Erlaubnis, den Tempel der Rehabilitation wieder zu betreten.

Im Prinzip beginnen wir wieder ganz von vorne.

Knie und Therapie -
ein Reha-Tagebuch (2. Teil)
oder: Das Bootcamp

Eigentlich wollte ich diesen Abschnitt meines Lebens aus dem Gedächtnis streichen, aber er gehört dazu, da kann ich nichts machen.

Ich habe meine Covid-Infektion überstanden, habe mich geschont, so, wie es mir von meiner Hausärztin aufgetragen wurde. Das Ergebnis ist erschütternd. Da, wo vor kurzem noch mühsam Muskeln aufgebaut worden waren, ist wieder ein Hauch von nichts. Das Wenige, was ich mal Kondition nennen durfte, hatte sich in Luft aufgelöst. Mit dem Wissen, was mich erwartet, fahre ich missmutig früh morgens nach Duisburg.

Zunächst habe ich ein Arztgespräch, in dem mir mitgeteilt wird, dass ich nach meiner Infektion erstmal langsam wieder aufgebaut werden soll. Das klingt vielversprechend und man hält Wort. In einem angenehmen Rhythmus von Training und Wellness gleite ich durch die ersten Tage und empfinde die Reha gar nicht mehr als so unangenehm. Man fragt in der ersten Woche öfter mal nach meinem Befinden, ich fühle mich gut aufgehoben und denke an nichts Böses, als ich am Montag der zweiten Woche das Reha-Zentrum betrete.

Man hatte scheinbar versäumt, mir mitzuteilen, dass die Schonzeit nur diese erste Woche gilt. Ich sitze auf dem Fahrrad, radele mich entspannt warm, als der Trainer zu mir kommt, vor mir in die Hände klatscht und mich auffordert, mal etwas Gas zu geben, der Erfolg der Reha käme schließlich nicht vom Rumdümpeln. Ich bekomme noch auf dem Rad sitzend meinen Therapieplan für die Woche. Bemerkenswert ist dabei, dass der Anteil an Erholung eigentlich kaum messbar ist, daher frage ich nach. Die Antwort ist hart. Ich habe nur noch drei Wochen, um einen nennens-werten Erfolg zu erzielen. Um also irgendetwas Brauchbares aus der Zeit ziehen zu können, müsste ich mich mal etwas quälen.

Mein Trainer merkt schnell, dass ich nicht bereit bin, mich zu schinden, also tut er das, und er ist gut darin. Er zeigt mir Übungen an Geräten, die bei ihm so spielerisch aussehen, dann setze ich mich an eben dieses Gerät und ich kann erkennen, wie er die Hände vor seinem inneren Auge zusammenschlägt. Seine Kreativität ist ungebrochen. Geräteübungen mache ich in der Folgezeit alleine, werde allerdings immer wieder von ihm kontrolliert, damit ich nicht heimlich weniger Gewicht aufziehe oder die Übungen eher lustlos mache.

Es gibt auf dem Therapieplan einen relativ großen Zeitraum täglich, in dem sogenannte freie Übungen gemacht werden. Allerdings nicht „meine" freien Übungen, sondern „seine". Ich kann mir nicht erklären, wo er sein Handwerk gelernt hat, vielleicht war er in seinem früheren Leben mal Ausbilder bei der Fremdenlegion oder so. Ich darf Liegestützen machen – zum Warm-werden. Ich muss hier nicht extra erwähnen, dass es bereits 12:00 Uhr ist und ich dank ihm schon seit 8:30 Uhr warm bin. Ich mühe mich redlich und finde meine Performance recht gelungen. Er irgendwie nicht. Süffisant erklärt er mir, dass ich bei meinem Tempo wohl Überstunden machen werde, bis ich die geforderte Anzahl an Wiederholungen geschafft habe.

Ich beginne zu hassen. In den folgenden Tagen rücke ich dort an mit einer gewissen Portion Aggression. Ich bin nicht mehr freundlich zu den Damen am Empfang, knalle in der Umkleide meine Spindtür, klemme mir dabei einmal übel die Finger meiner linken Hand, weil diese sich beim Türknallen noch im Spind befinden. Ich steige wütend auf das Fahrrad, gehe danach wie ein Berserker durch den Geräteparcours und stehe dann vor meinem Endgegner in der Turnhalle.

Freie Übungen also. Kann er haben. Bevor er etwas sagt, gehe ich auf den Boden und mache Liegestütze. Er hat sich etwas zur Motivation überlegt und aus seiner Stereoanlage läuft „Eye of the tiger". Mein Freund, könnte ich boxen wie Rocky, würde das hier ganz anders laufen, glaub mir.

Ich gehe drei Wochen gefühlt durch die Hölle, lerne an jedem Tag Muskelpartien kennen, die ich so noch nicht kannte, reflektiere zwischenzeitlich, dass ich in dieser Hölle wahrscheinlich nicht einmal gelächelt habe, war den Tränen nah.

Am Ende der Reha habe ich das Abschlussgespräch. Der Arzt bescheinigt mir Fortschritte bei Beweglichkeit, Ausdauer und Muskulaturaufbau. Man sieht mich jetzt gut gewappnet für einen Neustart ins Berufsleben. Wir werden sehen ...

Dämien

Ich hatte in der Reha durchaus oft einen Fress-Reflex. Kennt ihr das? Das Gefühl, irgendetwas kompensieren zu müssen. Dann ist da die Frage, wie? Ich esse. Wenn es sein muss und mir guttut, dann auch gerne viel – und ganz wichtig: egal was. Ich habe das große Glück und Pech zugleich, dass ich in einer Zeit lebe, in der ich das Mammut nicht mehr jagen muss. Ich bin nicht mehr wochenlang unterwegs, jage dann ausgezehrt und unterzuckert mit letzter Kraft etwas Essbares. Ich gehe einfach einkaufen. Der Nachteil dabei ist, dass mir die Bewegung fehlt, um die Massen an Kohlehydraten und Fett entsprechend zu verarbeiten. Und zwar so, dass sie sich nicht wie kreisrunde Reservekanister um meine Hüften schmiegen.

Ich habe für meine moderne Jagd nach Lebensmitteln mein Revier gefunden. Es ist der liebenswerte Discounter um die Ecke, mein „Netto". Wie so häufig gehe ich ohne Plan dorthin. Ohne Einkaufszettel oder mit Hunger einzukaufen ist blöd. Das hat mir meine Mutter schon früher beigebracht. Ist es spätpostpubertärer Ungehorsam, der mich hungrig und ohne Idee den Laden betreten lässt? Ich kann es nicht sagen. Aber ich streife durch die Gänge. Meine Augen scannen die Lebensmittelauswahl und ich warte auf das Signal meines Körpers, dass er genau nach dem dürstet, was er da grade sieht. Allerdings bin ich mittlerweile 48 Jahre alt und ich kann mich nicht mehr so richtig fokussieren. Ich nehme viel wahr von meiner Umgebung, und das lenkt ab. An sich ist das kein Problem, wenn es sich bei dem Störenfried um jemanden handelt, der sich halbwegs artikulieren kann. Hier jedoch sprechen wir über „Dämien, den Schrecklichen", Bruder eines Kevin und Sohn einer Marktschreierin.

In den Gängen des Discounters vernehme ich ein lautes „DÄÄÄÄMIEN, komma hier." Dämien scheint keine Lust zu haben, oder er hat den liebreizenden Gluckenruf schlicht nicht vernommen, denn kurze Zeit später schalmeit es erneut so liebevoll und warmherzig wie eine Kreissäge auf Metall: „Dämien, bei drei bisse hier, sonst gibbet wat." Scheinbar wirkt diese Drohung, denn plötzlich erklärt eine laute Kinderstimme: „Ich bin hier beie Mammelade. Ich such noch eine aus." Die Mutter quert den Gang, in dem ich mich aufhalte. Ich riskiere einen Blick. Die wutschnaubende Mutter ist auf dem Weg zu ihrer ungehorsamen Brut und einen Gang weiter.

Nur getrennt durch die Auslage der Hygieneabteilung bricht eine Diskussion los. Ich möchte nicht, dass auffällt, dass ich lausche und halte einen kleinen Karton in der Hand, den ich mir als Alibi aus dem Regal genommen habe, und tue so, als würde ich ihn genauer betrachten. Eine Frau läuft an mir vorbei und fragt, ob sie mir helfen könne. Ich schaue erst sie verdutzt an, und dann bemerke ich, dass ich für mein Umfeld scheinbar vertieft den Packungsaufdruck einer Packung „OB"-Tampons studiere. Ich lege die Packung peinlich ertappt zurück ins Regal, greife zum nächsten Artikel und lese konzentriert den Anwendungshinweis auf dem feuchten Toilettenpapier, während die Frau sichtlich irritiert weitergeht.

Auf der anderen Seite erklärt Dämien seiner Mutter, dass er die eine „Mammelade" sucht. Die, die er immer bei Omma kriegt. Seine Mutter wirkt ungehalten und fragt nach, welche genau. Um ihrem Filius das Thema „Schnelligkeit" näher zu bringen, schiebt sie noch nach: „denk mal schneller". Dämien, vom Klang der Stimme her schätzungsweise 10 oder 12, entgegnet: „Wieso, kannst du doch auch nicht". Die Mutter ist um eine prompte Antwort bemüht und entgegnet ihrem Filius mit festem Klang in der Stimme: „Sei ruhig, Hurensohn!" Es entsteht eine gewisse Stille auf der anderen Seite und ich bin gespannt, wie es weitergeht, als der Junge, quasi als Eisbrecher unbeeindruckt von der Aussage seiner Mutter plötzlich ausruft: „Da isse! Kann ich die haben?" Mutter bejaht, Sohn ist glücklich.

Ich kreuze den Weg der beiden auf der Suche nach etwas Essbarem für mich. Auf dem Glas „Mammelade" steht „Nutella". Ich finde, was ich gesucht habe. Zu Hause packe ich meine Schätze aus, Dämien hängt mir noch etwas nach und ich bemerke, dass ich neben einem Fertigburger für die Mikrowelle auch die Packung mit dem feuchten Toilettenpapier gekauft habe.

Fastfood

Ein Fertigburger ist jetzt nicht wirklich etwas aus dem Segment „kulinarische Championsleague". Aber ich bin mir wenigstens bewusst, was ich da in mich hineinschiebe. Dieses Bewusstsein hat nicht jeder. In meinem bisherigen Berufsleben bin ich irgendwann im Bildungssektor hängen geblieben. Genauer gesagt: Erwachsenenbildung. Hier stellen sich zwei grundsätzliche Fragen: Welche Erwachsenen und welche Bildung? Es ist schwierig, sich mit Kochazubis zu umgeben, die ihren kulinarischen Horizont darüber definieren, ob die runden oder die stiefelförmigen Nuggets von McDonald's besser schmecken. Ich sitze mit den Teilnehmenden im Schulungsraum und höre gespannt der Diskussion zu. Irgendwann brennt mir eine Frage auf der Zunge. Wie können die Hähnchenteile verschieden schmecken?

Ein Raunen geht durch den Raum. Es geht, erklärt man mir mit fester Stimme, darum, von wo am Huhn das Fleischstück kommt. Ich weiß, ich sollte das nicht tun, aber ich frage nach, wie die Damen und Herren das meinen. Ich bekomme erklärt, dass ein Huhn ja eher rund ist und am

Bauch das Fleisch hängt. Beim Geschmack kommt es darauf an, von wo am Huhnbauch das kommt.

Ich zögere, denn eigentlich möchte ich den Leuten erklären, dass die durchgemüllerte, geformte Fleischpampe nichts mit einem natürlich gewachsenen Stück Fleisch zu tun hat. Ich beschließe, einen Versuch zu machen.

Am nächsten Tag hänge ich in der Küche eine Zeichnung von einem Huhn auf. Aus der Tiefkühlzone organisiere ich mir noch die verschieden geformten Nuggets. Als alle anwesend sind, lege ich die Nuggets auf die Arbeitsfläche und möchte von den Teilnehmenden wissen, von wo jetzt die Teile genau sind und wie die angeordnet sind. Eifrige Hände versuchen, wie beim Tetris die Formfleischteile in das Bild einzufügen. Zwischendurch bekomme ich zu hören, dass der Maßstab vielleicht nicht passen könnte. Nach einigen Minuten löse ich das Rätsel und im Schulungsraum erkläre ich den Damen und Herren, wie Nuggets hergestellt werden.

Angewidert schauen mich elf Augenpaare an. Ich erkenne, dass dort, in Duisburg-Rheinhausen Ost an diesem Tag die kulinarische Weltanschauung einiger junger Menschen den Bach runter geht.

In die Stille frage ich hinein, ob jemand Frikandellen mag. Sie werden auch in dieser Gruppe gern gegessen, also lehne ich mich zurück und beginne ein neues Thema mit den Worten: „Lasst uns über Separatorenfleisch sprechen …"

Ich bitte die Damen und Herren, die Smartphones zur Hand zu nehmen und mal zu googlen. Man sucht, es wird still. Eine Teilnehmende fragt entsetzt, was das ist. Ich bin in Stimmung und erkläre, dass dies Tierverwertung de luxe ist, frei nach dem Motto, „Das Auge isst man mit!" Die Frage kommt auf, was Frikandellen damit zu tun haben. Ich erkläre freundlich, dass die allseits beliebten Bröselfleischstäbchen genau aus diesem Material gefertigt werden, während ich in entsetzte Gesichter schaue. Mir schwappt Unglaube entgegen, es wird minutenlang angewidert diskutiert. Irgendwann entfährt es einem Teilnehmer, dass man ja wenigstens noch Burger bei McDonald's essen könnte, gefolgt von einem beinahe schon ängstlichen und fragenden Blick. Ich hole Luft, die Gruppe stöhnt kollektiv: „Och nööö …" und ich beginne, über die goldene Möwe zu referieren.

Gefährliches Halbwissen

Es gab in den Ausbildungsjahren immer mal wieder meine mir zwischenzeitlich lieb gewordenen Teilnehmer, die eigentlich nur da waren und das Berufskolleg besuchten, weil das Amt sonst kein Geld mehr gezahlt hätte. Da hier kein Staat zu machen ist, beschränke ich mich darauf, die Damen und Herren zu beschäftigen, man ist wenig ambitioniert und noch weniger motiviert.

Ich stehe in der Küche und koche mit den Ambitionierten ein Mittagessen für die Belegschaft. Es gibt Bratkartoffeln. Plötzlich ploppt von denen, die eigentlich gar keine Lust haben, die Frage auf, wer die Bratkartoffel erfunden hat. Die Antwort wird vorweggenommen und ein lautes „Herr Pfanni" in den Raum gebrüllt. Ich schüttele den Kopf und kläre die Damen und Herren mit ernster Miene auf. Zunächst einmal korrigiere ich die falsche Aussprache. Es heißt schließlich Brat(s)kartoffel! Und diese wurde im Jahre 1865 von Johannes Brats erfunden. Die Erfindung war ein Zufall oder besser gesagt ein Unfall. Denn seine Frau Isolde Brats, die bereits drei Jahre vorher die Bratswurst erfunden hat, hatte ihre berühmt gewordenen Bratslinge soeben aus der Pfanne genommen, als Johannes mit einer Hand voll Kartoffeln an die Feuerstelle trat, stolperte und die Kartoffeln in das noch heiße Öl fielen. Bis man sie aus der Hitze retten konnte, waren diese bereits angebräunt. Wegwerfen war zu schade, also probierten Johannes und Isolde und so war die Bratskartoffel erfunden.

Breites Staunen und Ruhe in der Truppe ist die Folge, man beschäftigt sich wieder mit irgendwelchen Dingen und staunt über das detaillierte Fachwissen, das da im Herrn Schraven schlummert. Freut mich, dass ich helfen konnte.

Drei Tage später bekomme ich einen Anruf des Berufskollegs. Man ist einerseits erfreut, dass sich Schüler am Unterricht beteiligen, die sonst eher durch Desinteresse glänzen, aber man bittet mich freundlich darum, zukünftig auf das Verbreiten von gefährlichem Halbwissen zu verzichten. Denn es benötigte eine Unterrichtsstunde, die erhitzten Gemüter wieder zu beruhigen, nachdem eine Diskussion über Bratskartoffeln beinahe zur Eskalation geführt hätte. Ich gelobe Besserung. Das funktioniert einige Wochen – dann gibt es Makkaroni.

Die Nudeln wecken das Interesse der Teilnehmenden und es wird eifrig damit herumgespielt. „Schau mal, ich habe ein Fernrohr" ist da noch die am wenigsten anzügliche Formulierung. Ich bitte die Damen und Herren kurz an den Arbeitstisch und ermahne sie, sich respektvoll dem Lebensmittel zu nähern. Ich erkläre streng, dass diese Nudel ein Produkt ausgefeilter italienischer Ingenieurskunst ist. Die fragenden Blicke hatte ich erwartet und referiere nun über die Herstellung der Makkaroni.

Zunächst lenke ich den Blick auf den ebenmäßigen Hohlraum in der Nudel. Anerkennendes Nicken. Ich frage, ob jemand eine Ahnung hat, wie dieser Hohlraum entsteht. Schulterzucken. Zunächst einmal werden die Nudeln als massive Hartweizengrieß-Stäbe angeliefert. Da gibt es diesen Hohlraum nicht. Diese Stäbe werden dann auf die richtige Länge geschnitten, weil erst vor Ort festgestellt werden kann, wie lang die sein müssen, weil der Kartonhersteller sich ja im Maß vertun kann. Die korrekt gestutzten Nudeln werden natürlich im trockenen Zustand in eine Maschine eingespannt, und dann wird mittels präzise arbeitendem Stanzwerkzeug die Nudel ausgehöhlt. Da auch hier auf Nachhaltigkeit geachtet wird, wird das Ausgestanzte mittlerweile nicht mehr weggeworfen, sondern als Spaghetti verkauft. Ich ernte Kopfschütteln, also bitte ich die Teilnehmenden, am nächsten Berufsschultag doch mal den Fachkundelehrer zu fragen. Bis dahin habe ich dann auch herausgefunden, wie man an unserer Telefonanlage Rufnummern blockiert.

Neues aus Spamistrien

Ich habe Zeit. In diesem Fall muss ich sagen "Leider". Ich habe mich mal ein wenig mit meinem Spamordner beschäftigt. Anstatt alles sofort zu löschen, habe ich mal eine Woche lang geschaut, was da so feilgeboten wird.

Eine kurze Zusammenfassung:

1. Ich soll bei insgesamt neun verschiedenen Anbietern Kryptowährung kaufen, JETZT und zwar GENAU JETZT ist DER Zeitpunkt, um mein eingesetztes Geld zu multiplizieren, manifestieren und zu zügeln Ich konnte mich kaum zügeln

2. Ich soll bei den "Hohlen Löwen" zum Vorzugspreis die Artikel abgreifen, die zwar ultimativ super sind, aber nach dem Verkaufsstart in den Geschäften schnell vergriffen sein werden. Darunter eine "Hautcreme auf Schildkrötenbasis", die mich mindestens zehn Jahre jünger wirken lässt. Und natürlich den Kohlenverbrenner (kein Schreibfehler). Ich soll den Kohlenverbrenner zu mir nehmen, um in einer Woche bis zu zehn Kilo zu verlieren. Was ich da verliere, ist nicht näher benannt. Aber vielleicht zehn Kilo Kohle, die ich in Kryptowährung umgesetzt habe

3. Im örtlichen DHL-Depot liegen vierzehn Pakete, die ich abholen soll. Einige sind wichtig und warten darauf, von mir in Empfang genommen zu werden, bei den anderen muss ich Lagergebühren bezahlen, wenn die nicht abgeholt werden. Gebühren zwischen 56 und 72 Euro/Paket. Ich müsse nur entweder einen Link in der Mail anklicken, oder ich kann auch direkt meine Bankverbindung mitteilen.

So langsam steigern wir uns, denn es kommt:

4. DER KREDIT - Wenn ich mich bis zum 15. März für einen Kredit entscheide (den Anbieter dieses fulminanten Angebotes nenne ich hier mal nicht, denn ich teile nicht mit Euch), dann bekomme ich 5000 Euro auf mein Konto, muss aber von vornherein nur 4500 Euro zurückzahlen und das Ganze auch noch mit Minuszinsen. Bei einer Laufzeit von 24 Monaten müsste ich nur noch eine Summe von 4200 Euro zurückgeben. Ich werde direkt mal 10.000 Euro nehmen. Kleckern, nicht klotzen ist die Devise.

Zum guten Schluss hat mich American Express darauf hingewiesen, dass ich dringend den Link in der Mail anklicken soll, um meine Kreditkarte – die ich nicht besitze – vor fremdem Zugriff zu schützen.

Ich fasse kurz zusammen. Ich hole mir am besten einen günstigen Kredit und verbinde diesen mit dem Erwerb einer besonders gut geschützten American Express Kreditkarte. Mit diesem Geld bezahle ich für Kryptowährung(en), lasse das Ganze ein wenig für mich arbeiten und befreie dann meine Schildkrötencreme und den Kohleverbrenner aus dem DHL-Depot.

Wo sind die Zeiten hin, als der Spamordner mit Gewinnmitteilungen für Autos und Präparaten für Penisvergrößerungen geflutet waren und nicht mit so einem neumodischen Mist?

Warentrenner

Warentrenner. Gibt es etwas deutscheres als den Warentrenner? Für alle, die nicht wissen, was ich meine: Warentrenner sind die dezent beschwerten Plastikbarrieren, die man an der Kasse zwischen seine Einkäufe und die des nachfolgenden Kunden auf das Warentransportband legt. Frei nach Dörtes Dancing: „Das hier ist mein Warenbereich und das ist deiner!"

Ich benötige (mal wieder nur) eine Kleinigkeit aus dem mir lieb gewordenen Discounter. An der Kasse packt eine Dame ihren Einkauf auf das Transportband und legt einen Warentrenner dahinter. So weit, so gut. Ich nehme diesen zur Kenntnis und platziere meinen Einkauf ebenfalls auf dem Warentransportband, verzichte aber darauf, meinen Einkaufsbereich nach hinten abzutrennen. Hinter mir schweres Atmen. Ich drehe mich leicht und eine ältere Dame steht dort mit ihrem Einkaufswagen. Sie ist scheinbar zwickbemühlt, denn sie würde wahrscheinlich gerne ihre Ware auf das Band packen, aber ich habe keinen Warentrenner benutzt, um eine klare Abtrennung zu erzeugen.

Sie zögert. Wenn sie den kunststoffgeformten Warenlagerungs-Quadrantenabsperrriegel nun selber auflegen möchte, muss sie sich quasi an mir vorbei quetschen, um ihn zu erreichen. In Coronazeiten tut man sowas nicht. Das Band schiebt sich weiter und ich bewege mich mit meinem Einkauf weiter nach vorn. Hinter mir kommt es zu leichten Konfusionen. Die Dame hat noch nicht begonnen, ihre Ware zum Weitertransport zu transferieren, hinter ihr wiederum möchte eine Frau ihre Ware auflegen, aber kann dies noch nicht, weil ja der von mir nach ungeschriebenem deutschem Gesetz aufzulegende und nicht aufgelegte Warentrenner die Dame hinter mir am Fortgang ihres Einkaufsablaufes hindert. Es kommt der Moment, an dem die Frau hinter mir den Warentrenner erreicht, ihn trophäengleich zunächst anhebt, um ihn dann auf dem Band aufzusetzen.

Ich schaue mir das Spektakel an und ernte einen Bösen Blick nach dem Motto: „Wenn Blicke töten könnten!" Wenn ihr einmal in die Situation kommt, einem ausländischen Freund oder Besuch erklären zu wollen, was typisch Deutsch ist: WARENTRENNER!

Callcenter

Ja, auch ich habe Callcenter-Erfahrung. Deshalb war es mir eine Freude, das folgende Telefonat genauso führen zu dürfen.

Das Telefon klingelt. Irgendein Call-Center. Es entwickelt sich folgender Dialog:

Ich: Hallo?

Frau: Guten Tag, hier ist Ihr Energieversorger!

Ich: Welcher Energieversorger?

Frau: Der Energiesparfuchs, das Vergleichsportal für

Ich: Dann haben Sie gelogen!

Frau: Was meinen Sie?

Ich: Sie haben gesagt, Sie sind mein Energieversorger!

Frau: Das ist egal jetzt. Ich nehme an, Sie...

Ich: Ist nicht egal. Sie haben mit dem ersten Satz gelogen!

Frau: Ich will Sie beraten!

Ich: Sie lügen! Sie wollen verkaufen!

Frau: Wollen Sie jetzt eine Beratung?

Ich: Wenn Sie mein Energieversorger sind, ja!

Frau: Sie sind selber schuld, wenn Sie Ihre Wohnung verlieren, weil Sie Ihre Energiekosten nicht mehr

Ich: Dann wende ich mich vertrauensvoll an meinen Energieversorger!

Frau: Sie sind frech!

Ich: Ich passe mich dem Niveau an!

Frau: Welches Niveau?

Ich: Sehen Sie?

Frau: Ich sehe, wir kommen nicht...

Ich: Das ist richtig. Bitte löschen sie meine Nummer aus Ihrem Verzeichnis!

Gesprächsende.
Es gibt einfach keine guten Telefonverkäufer mehr.

Die gute, alte Zeit

Wie bin ich eigentlich groß geworden? Wie war das damals?

Es gab mal eine Zeit, das muss man den Jüngeren unter uns erklären, da hieß TWIX noch Raider und ich bilde mir ein, dass es damals besser geschmeckt hat. Der Duplo-Riegel hatte eine Geschmacksrichtung (Haselnuss/Schokolade) und nicht diese Abarten wie Spekulatius oder Vanille. Es gab Cherry-Cola von ausgezeichnetem (wenngleich extrem künstlichem) Geschmack, die dann vom Markt genommen wurde, weil nach der schon damals grassierenden Regulierungswut ein Inhaltsstoff nicht zulässig war. Sie kam wieder und schmeckte nicht mehr. Die Konkurrenz produzierte eine Cola ohne Farbstoff, ließ es zum Glück wieder sein.

Netto hieß PLUS und hatte die eindeutig bessere Werbung. Hände hoch, wer erinnert sich noch an „die kleinen Preise"? Mein Lieblingspreis war die Einemarkneun. Die süßen Kulleraugen auf der Eins und Huckepack die Null und die Neun. Wer unter den Werbungschaffenden hat beschlossen, dass eine kreischende Rotzgöre den

Slogan „Dann geh doch zu Nättooooo!" brüllend eine so viel bessere Werbung ist?

Bei McDonald´s gab es „Los Wochos" und nicht den vegetarischen McRösti mit extra Rotkraut. Im Wienerwald wurden Hähnchen im Akkord gegrillt, heute gibt es vegane Hähnchenbrust mit dem Geschmack kross gegrillter Haut (und ich frage mich, warum!). Auf mein Schnitzel kam Zigeunersauce und mein Schulfreund mit Sinti/Roma-Hintergrund hat mitgegessen.

Telefoniert habe ich mit einem schnurgebundenen Telefon und habe mich mit dem Apparat auch nicht mit Duckface vor dem Spiegel einer Spelunkenlatrine fotografieren können. Das Kabel war nur drei Meter lang, das reichte nicht bis in die nächste Kneipe, zudem fehlte die Kamera.

Mein erster Fernseher war ein Röhrenfernseher mit 16 Zoll Bildschirmdiagonale, der von HD so weit entfernt war, wie ich von einer Marslandung, mein „Netflix" hieß „Connies Video-Corner" und kam nicht automatisch auf Knopfdruck, sondern wurde noch persönlich und per pedes aufgesucht. Wir hatten früher noch das schöne Geld. Die D-Mark. Ich habe immer über die Niederländer gelacht mit ihren bunten Geldscheinen … Heute habe ich mich daran gewöhnt. Damals war das Geld auch mehr wert (meine Meinung und dazu stehe ich).

Mein erstes Handy war von AEG (A)uspacken – (E)inschalten – (G)eht nicht. Es wog 1100 Gramm und da man nur telefonieren konnte (es war halt ein Telefon), gab es auch nur Preise für jede Gesprächsminute. 1,30 Mark (0,66 Cent) von Handy zu Handy. Ach ja. Duckface und Spelunkenlatrine ging auch nicht. Man konnte dieses Telefon zwar mit sich herumtragen, aber Fotos funktionierten noch immer nicht, weil auch hier die Kamera nicht wichtig schien und wahrscheinlich die Polaroid an der Hörmuschel unkomfortabel gewesen wäre. Früher war mehr Vitamin D. Man war früher draußen. Dieses Sonnending war der heiße Scheiß. Und treffen mit Freunden. Lag vielleicht daran, dass TikTok und der ganze andere Mist glücklicherweise noch nicht existierten.

Ich lebe jetzt. 2023. Ich nähere mich unaufhaltsam meinem 50. Geburtstag, ja, solange macht man es ja dann doch schon und denke gerne an die „gute, alte Zeit" und bin dankbar, dass ich diese Zeit erleben durfte. Ich schließe mit prickelnder Werbelyrik, frage Euch alle: „Sind wir nicht alle ein bisschen Bluna?"

Tankstelle und Muttertag

An einem sonnigen Sonntag im Mai, Muttertag, wollte ich mein Kraftfahrzeug spazieren fahren. Beim Drehen des Zündschlüssels meldet sich das Auto und signalisiert mir mithilfe der Tankanzeige, dass es ihm nach oktangeschwängertem Nass dürstet. Ich steuere den Oktandealer meines Vertrauens an, den mit der gelben Muschel, parke an der Zapfsäule.

Beim Aussteigen bemerke ich hektisches Treiben auf dem Gelände. Parkende Autos, die nicht betankt werden, Menschen, die sich im Kassenhäuschen der Tankstelle tummeln.

Nachdem ich peinlich genau für die angestrebte Summe getankt habe, betrete ich den Verkaufsraum. Waren die Kassenhäuschen früher noch schmucklose kleine Hütten mit schäbiger Theke und alten, harten Weingummis in angegilbten Plastikboxen und einer schmucken Auswahl an Tabakwaren hinter dem Verkaufstresen, betritt man heute einen angenehm illuminierten Saal. Rechts über die gesamte Wand Zeitschriften. Kinderzeitschriften mit Plastikspielzeug, Tageszeitungen, Hefte für Klatsch und Tratsch liebende,

Rezepthefte und Zeitschriften für den kultivierten Herren (oder so). Vor Kopf befindet sich die Kühlabteilung. Getränke über Getränke. Vom Preis her angesiedelt bei Champagner, es handelt sich jedoch nur um Limonade. Und Bier und Energydrinks. Daneben findet sich die Feinkostabteilung. Tiefkühlpizza, Eiswürfel und - warum auch immer – eine Packung Paderborner Landbrot. Mitten im Laden sind Regale aufgestellt mit Salzigem und Süßem.

Und – Blumen. Blumensträuße in verschiedenster Größe und Farbkombination. Da drum herum: Menschen. Vornehmlich junge Menschen, die die Sträuße herausnehmen aus den Vasen, diese betrachten und wieder zurückstellen. Über den Sträußen ein Schild … „MUTTERTAG VERGESSEN?" Scheint so.

Ich bezahle, blicke auf die Ansammlung von „Nachher noch kurz bei Mutti"-Vorbeischauenden und denke mir, dass es gut ist, dass es diese Tankstellen gibt. Denn früher, als es noch diese Kassenhäuschen gab, hätte Mutti wahrscheinlich entweder eine Packung Camel ohne Filter oder eine Tüte alte, harte, gemischte Weingummis für ´ne Mark bekommen.

Schöne neue Welt.

„Hallo, ist noch da?" oder: „Wie sehr ich eBay-Kleinanzeigen hasse"

Ich gebe zu, ich bin nicht der Typ, der sich mit einem Tapeziertisch bewaffnet auf den Weg zu irgendeinem Trödelmarkt macht, um Dinge zu verkaufen. Ich bin eher träge, das frühe Aufstehen und der Stress würden mir einfach die Lust nehmen, den Tag über mit Menschen zu sprechen oder zu diskutieren. Ich glaube allerdings, dass ich dort auf Lebensteilnehmer treffen würde, die (vielleicht) über ein Minimum an irgendwas verfügen.Ich verkaufe Sachen bei eBay-Kleinanzeigen. Es ist zunächst bequem. Fotos machen, Text schreiben, Anzeige hochladen, abwarten, fertig.

Dann wird es fies.

Aktuelles Beispiel: Ich verkaufe ein Kameraobjektiv. Neupreis 300,00 Euro. In gutem gebrauchten Zustand 200,00 Euro. Ich inseriere für 150,00 Euro.

Die erste Anfrage kommt aus England. Er wäre interessiert, das Objektiv seinem Cousin zu schenken, der in Aachen lebt (als Beweis kommt die aktuelle Anschrift des Cousins). Ich solle das

Objektiv an ihn nach England senden, er würde es dann seinem Cousin schenken. Ich bin neugierig und schaue im Internet nach der Adresse. Es ist die Anschrift des Aachener Wertstoffhofs. Ich erkläre freundlich, dass ich nicht ins Ausland versende.

Zwischenzeitlich hat sich jemand über mein Angebot belesen und stellt fest, dass es ein Makro-Objektiv ist (wie in der Anzeige bereits benannt). Er bräuchte aber kein Makro-Objektiv. Ich solle ihm ein anderes anbieten ... Kollege! Hätte ich noch ein anderes zu verkaufen, hätte ich es inseriert!

Auf die mir fehlerhaft entgegengeschmetterte Frage: „Hallo. Ist noch da?" antworte ich pflichtbewusst mit „Ja" und bekomme postwendend ein „?" geschickt. Ich reagiere ebenfalls mit einem „?" und werde angeschnauzt „Okay, dann eben nicht!" Wäre ich gesegnet mit unendlicher Lebenszeit, wäre ich vielleicht noch in einen tiefer gehenden Dialog gegangen, aber es warten noch andere Strategen auf mich. Der eBay-Kleinanzeigenklassiker: „Was letzte Preis?" Ich erwidere freundlich, dass er/sie/es mir einen Preisvorschlag machen soll. Darauf die Antwort: „Machst du Verhandlung, sagst du letzte

Preis!" Ich: „Okay. 130." Der Interessent: „Mein Freund. Ist gebraucht und nicht neu. Gebe 30 Euro und hole heute ab." Ich verneine immer noch freundlich, daraufhin soll ich doch bitte an meiner Ware ersticken.

Das letzte Highlight ist eine Frage, ob der Artikel angesehen werden dürfte. Ich bejahe dies und dann kommt die Frage aller Fragen: „Ich bin in Konstanz. Ist das weit weg von Wesel?" Wenn ich im Erdkunde-Leistungskurs richtig aufgepasst habe, dann sind das ungefähr 614 Kilometer, also bemühe ich erneut die Tastatur und antworte. „Ist schon ganz schön weit weg." Die Frage, ob ich mit dem Objektiv vorbeikommen könnte, lasse ich unbeantwortet. Ich harre nun der Dinge, die da noch kommen. Vielleicht wird das ja noch was …

Des Fräuleins Gespür für Stress

Für mich sind Besuche bei Ämtern so angenehm wie eine Zahnwurzelbehandlung mit einem Bosch Bohrhammer und so spannend wie das Fotofinish beim Faultierwettrennen - in Zeitlupe.

Heute war es mal wieder soweit. Das Fräulein hatte mich einbestellt und ich bin lemminggleich der Aufforderung gefolgt und habe mich (über-)pünktlich eingefunden auf einem langen, weiß getünchten Gang. Auf dem Weg zu dem mir angegeben Zimmer überholt mich eine junge Frau. Sie schaut mich an, fragt, was ich suche. Ich nenne ihr in einem vollständigen Satz, dass ich Zimmer 207 suche. Sie entgegnet knapp und mit einem Fingerzeig zu einer Tür 30 Zentimeter vor mir "Da", geht ein Türchen weiter und verschwindet dort in der weißen Wand.

Ich bedanke mich, klopfe kurz an und drücke vergeblich die Türklinke, denn es ist abgeschlossen. Okay, denke ich, es ist ja auch vier Minuten vor der vereinbarten Zeit. Ich höre von innen Geräusche, dann einen Schlüssel, der im Schloss gedreht wird. Die junge Frau von eben blickt durch die geöffnete Tür und teilt mir mit, dass

"WIR" noch zwei Minuten hätten, drückt die Tür zu und verschließt von innen.

PUNKT Zehnuhrdreißig, also zwei Zeigerumdrehungen des Sekundenzeigers weiter, dreht sich der Schlüssel erneut im Schloss und die Tür wird von innen aufgerissen. Ich stehe ein wenig unschlüssig vor dem rechteckigen Durchbruch in der Wand, als mich die sehr unentspannte Stimme der Dame energisch auffordert, doch endlich einzutreten. Ich nehme Platz auf dem mir, mit dem von ihr mittlerweile perfekt trainiertem Fingerzeig, zugewiesenen Stuhl.

Die Büros sind mit Zwischentüren miteinander verbunden. Das erklärt auch, wie Fräulein Copperfield einige Meter entfernt in der Wand verschwinden und dann direkt vor meiner Nase die Tür öffnen kann. Sie schaut kurz auf ihren PC, richtet das Wort ohne Blickkontakt an mich, während sie beinahe teilnahmslos auf den Monitor starrt. Sie müsse jetzt meinen Lebenslauf abgleichen, das wäre wichtig. Wir gehen Punkt für Punkt durch mein buchstaben-gewordenes Leben.

Nachdem klar ist, dass sich in meiner Vergangenheit rückwirkend jetzt nicht so viel geändert hat, möchte sie mit mir meine Krankengeschichte besprechen. Ich setze zu einem kleinen Scherz an, um die Situation etwas aufzulockern, und frage sie, ob sie heute noch andere Termine hätte, die müsse sie dann wohl absagen.

Ich bin zwar fast 50, aber ich lerne noch immer dazu. Heute zum Beispiel: Humor wollen die nicht!

Sie lächelt gequält und ruft sich meine digital abgespeicherte Krankengeschichte auf. Dann stutzt sie, erklärt mir, dass da ja doch viele Informationen vorhanden wären. Da hat sie recht, und bei dem ganzen Scheiß, der da steht, war ich sogar dabei.Wir beginnen mit der ersten Knie-OP, da war ich sechzehn. Ich möchte jetzt hier nicht jeden Punkt einzeln abhandeln, aber über Blinddarm, Mandeln, Polypen und noch so ein paar anderen operativen Spezialitäten kommen wir dann endlich in der Gegenwart an. Ich muss dazu erklären, dass sie lediglich die Daten vorgelesen hat, dazu den entsprechenden Operations-/Behandlungseintrag, und ich musste das immer nur abnicken.

Mal kommentiert mit einem "Ja genau" oder auch mal mit einem "Das war vielleicht ein Mist". Nachdem mir von Amts wegen nochmal vor Augen geführt wurde, wie vielen Ärzten ich in meinem Leben schon die Golfclubmitgliedschaft gesponsort habe, erklärt mir die Dame immer noch unhöflich im Unterton, dass sie dann jetzt alles hätte und ich in den kommenden Tagen eine schriftliche Einladung für einen neuen Termin bekomme, der könnte allerdings wahrscheinlich erst in zwei bis drei Wochen stattfinden.

Ich merke, wie mir die Gesichtszüge entgleisen und frage Frau Copperfield, ob das jetzt ihr Ernst wäre. Ich erkläre ihr, dass ich seit Monaten auf irgendeine Aktion dieser Abteilung warte und eigentlich keine Lust habe, mir meine Zeit noch länger verschwenden zu lassen. Sie bleibt entspannt und dabei weiter unhöflich. Ihr wären da jetzt die Hände gebunden. Alles weitere liegt nicht in ihrem Aufgabenbereich. Ich riskiere etwas und frage sie, ob man für das Abgleichen von Lebenslauf und Krankengeschichte eine Ausbildung braucht oder ob das ein Praktikantenjob ist. Freundlich aber bestimmt erkläre ich ihr, ohne sie zu Wort kommen zu lassen, dass ich es unmöglich finde, dass sich jeder Verwaltungshansel an mir abarbeiten möchte. Einer würde reichen - vielleicht einer mit Kompetenz und Lust dazu, mal richtig zu arbeiten für sein Geld. Ich verlasse grußlos das Büro.

Eine halbe Stunde später ruft mich die Abteilungsleitung an. Frau Copperfield hatte sich scheinbar beschwert über mich, man wollte nun auch meine Version hören.

Nach zehn Minuten habe ich mich ausgekotzt, habe für den folgenden Montag einen Termin, es wird belastbare Ergebnisse geben, man entschuldigt sich dafür, mir das Gefühl gegeben haben, nicht ernst genommen zu werden. Ich soll Zeit mitbringen, mein Vorgang scheint komplex zu sein.

Muss ich denn immer erst den Pfad des flüssiggoldenen Karamells verlassen? Meine Fresse

Karma

Ich musste heute mal kurz mit dem Auto weg. Wohin, ist egal. Was wichtig ist, ich musste auch wieder zurück und entschied mich für die Autobahn.

A3 Fahrtrichtung Wesel. Ich cruise gemütlich über die Bahn. Immer mal wieder überhole ich das eine oder andere Fahrzeug, alles ist entspannt. In einiger Entfernung erkenne ich zwei LKW, setze den Blinker, reihe mich ein und befahre die linke Spur, um auch hier ganz entspannt vorbeizuziehen. Wie die drei anderen Fahrzeugführer vor mir wahrscheinlich auch, bemerke ich, dass Lastkraftwagenfahrer Manni (der Name ist reine Spekulation, gefällt mir aber) sich überlegt, den vor ihm fahrenden Lastkraftwagenfahrer Klaus (auch hier ist der Name nicht bekannt) zu überholen und schert kurzentschlossen aus.

Mit nun 90 km/h versucht Manni, den Klaus zu überholen. Dieser ist wahrscheinlich alter U-Boot-Veteran und ruft sich selbst zu: „89 km/h liegen an, Herr KaLeun!" und reitet seine 40 Tonnen weiterhin in Verteidigungsstellung auf der rechten

Spur der A3. Wie Perlen auf der Schnur aufgereiht, rollen wir mit 95 km/h auf der linken Spur über die Autobahn, ich bin das Ende der Perlenkette und warte geduldig darauf, endlich etwas forscher vorankommen zu können.

Plötzlich werde ich fotografiert − denke ich. Hinter mir blitzt und blinkt es, als ob eine Paparazzihorde soeben den Wendler vorm Finanzamt Dinslaken nach dem Begleichen seiner Steuerschulden entdeckt hätte.

Aber Entwarnung … keine Paparazzi, sondern nur ein BMW, der sich schnell nähert und mir mit Hilfe von Lichtzeichen irgendetwas mitteilen möchte. Kurze Zeit später ist er da und in meinem Rückspiegel macht sich diese unfassbar hässliche Kühlergrillniere breit. Das hat den Vorteil, dass ich nicht mehr geblendet werde von dem Blitzlichtgewitter, weil dieses nun ausschließlich meinen Lack trifft. Der Fahrer lässt sich etwas zurückfallen und ich werde seines Antlitzes gewahr. Es ist nicht nett anzusehen, was mir da aus dem Rückspiegel auf die Netzhaut flimmert. Es ist ein junger Mann, der entweder enthusiastisch eine Choreografie mittanzt, oder gestikuliert wie ein epileptischer Zitteraal auf Ecstasy. Zitteraal trifft es.

Ich kann erkennen, dass er etwas schreit, ich kann ihn aber nicht verstehen, was ich ihm mit Schulterzucken anzeige. Daraufhin wechselt er in die Zeichensprache, und ich kann noch immer nicht erkennen, was er mir mitteilen möchte. Er zeigt mir mehrfach seinen ausgestreckten Mittelfinger. Keine Ahnung, warum, aber ich vermute, er ist vielleicht verletzt, aber auch hier zeige ich ihm durch Schulterzucken an, dass ich ihm nicht helfen kann. Ich würde ihm gerne begreiflich machen, dass ich während der Fahrt nicht an den Verbandskasten komme. Er kommt wieder etwas näher und blinkt links, was keinen Sinn ergibt, denn links ist die Leitplanke, da kann er also nicht hin. Zum Blinker gesellt sich seine Hupe, die wenig synchron mit dem Blinker betätigt wird. Ich habe langsam die Schnauze voll und bedeute ihm, dass ich nicht schneller fahren kann, denn Manni und Klaus haben sich auf eine Art friedliche Co-Existenz geeinigt. Der eine links und der andere rechts auf der Autobahn 3, Höhe Hamminkeln.

Captain Bavaria hat nun eine andere Idee und rutscht auf die rechte Spur, hinter Klaus ist nur ein Fahrzeug, auf das er bald aufschließt. Er ist ein Fuchs, denke ich und bin gespannt, ob ihn jemand wieder auf die linke Spur zurücklässt. Manni hat scheinbar noch irgendwo ein oder zwei km/h gefunden und schiebt sich nun langsam an Klaus vorbei. Alle Fahrzeuge hinter Manni tun es ihm nach, während sich der BMW-Fahrer einen Wolf blinkt und reingelassen werden möchte. Niemand vor mir tut ihm den Gefallen.

Mittlerweile sind diverse weitere Fahrzeuge hinter mir angekommen und ich kann im Rückspiegel das Ende dieser Schlange nicht erkennen. Ich komme am BMW an und schiebe mich entspannt an ihm vorbei. Dabei riskiere ich einen Blick. Da sitzt er hinter dem Steuer und ich kann erkennen, dass er am liebsten in sein Lenkrad beißen würde. Er schaut zu mir rüber und beginnt erneut in seiner Fahrgastzelle zu rüpeln. Er schreit und gestikuliert. Während ich mich aus seinem Blickfeld schiebe – ich kann ja überholen im Gegensatz zu ihm – zucke ich mit den Schultern.

Circa zwei Kilometer weiter. Ausfahrt Wesel. Ich habe meine Zielausfahrt erreicht. Diverse Fahrzeuge haben mich überholt. Vom BMW war nichts zu sehen. Am Ende der Ausfahrt möchte ich auf die Bundesstraße einbiegen und warte auf eine passende Lücke, als zwei Fahrzeuge hinter mir der

BMW auftaucht. Handzahm und gesittet. Durch die Scheiben kann ich etwas rot Blinkendes erkennen, kann es aber nicht zuordnen. Als ich abbiegen kann, riskiere ich einen Blick. Hinter Captain Bavaria fährt ebenfalls ein BMW. Dunkelblau mit einer Anzeige mit rot leuchtenden Buchstaben „STOP! POLIZEI!"

Karma eben ...

BUTTER – oder: als ich den Weg des flüssigen Karamells verließ

Was gibt es Besseres, als eine frische Scheibe Rosinenbrot mit Butter zu genießen? Richtig. NIX!

Das Brot war da, es fehlt die Butter. Ich entere den Netto, erwerbe zwei Klötze des aromatischen Fettes, will auf dem Weg nach Hause noch beim Plastikabfall-Fachgeschäft vorbei, die beste Hälfte benötigt eine Flaschenbürste.

Ich betrete den TEDI-Headquartermegastore und stecke dabei die Butter jeweils links und rechts in meine Jackentaschen. Es ist von Vorteil, wenn man beim Wühlen in der Auslage beide Hände frei hat. Wie ich später feststellen soll, wurde meine Handbewegung in die Jackentaschen bemerkt. Ich finde die gewünschten Bürsten, eile zur Kasse und werde von der dort wartenden Kassenfachkraft ohne tageszeitlichen Gruß energisch aufgefordert, meine Jackentaschen zu leeren. Ich verstehe nicht, was sie meint.

Sie wird frech und erklärt mir schroff und vor den versammelten Kunden, die sich interessiert der Szenerie zuwenden, dass ich mich nicht blöd anstellen soll. Sie will den Inhalt meiner Taschen sehen. Ich erkläre ihr – noch freundlich – dass sie der Inhalt meiner Jackentaschen nichts angeht. Sie wird angriffslustig und krakeelt nun lauthals, dass sie gesehen habe, dass ich im Laden etwas in die Jackentaschen gesteckt habe und sie ansonsten auch die Polizei rufen könnte.

Ich bin tatsächlich kurz interessiert, was die Ordnungshüter zu Butter in der Tasche sagen würden, entgegne der Dame lieber, dass das, was ich in der Tasche bei mir trage, nichts aus dem Sortiment dieses Plastikmüllvertriebes ist. Ich könnte es natürlich auflösen und es wäre gut, aber sie hat angefangen.

Sie fragt schnippisch, was es denn bei TEDI nicht geben würde. Ich entgegne „Plastikpenis" und Sexpuppe". Sie lacht dämlich, dann schmeiße ich ihr die Butter auf das Warenband und schnauze sie an, sie soll das gefälligst einscannen. Sie ist peinlich berührt, schaut auf die Fettklötze und sagt kleinlaut, dass es keine Butter bei TEDI gibt. Ich bezahle die Flaschenbürsten und gehe. Eine Entschuldigung habe ich nicht bekommen.

Verlag her, oder ich werde größenwahnsinnig

Ich habe die Idee, dieses Buch vielleicht tatsächlich über einen „richtigen" Verlag veröffentlichen zu lassen. Die ersten 60 Seiten sind geschrieben, und ich nehme meinen Mut zusammen und versende die Dateien per Mail an diverse Verlage.

Bei einigen geht es ganz schnell, ich bekomme eine Absage, verbunden mit den besten Wünschen und viel Erfolg. Zwei Verlage erklären mir das gängige Prozedere. Würde man mein Buch tatsächlich verlegen, müsste ich mindestens 150 Exemplare selber abnehmen, dürfte diese dann nach Gutdünken zu Promozwecken nutzen oder auch selber verkaufen.

Ich schreibe auch den Reclam-Verlag an. Reclam, das ist der Verlag, der Schülern in der weiterführenden Schule den Angstschweiß auf die Stirn getrieben hat. Goethes´ Faust, Schillers Glocke. Ich habe nach der Lektüre und nach diversen Klausuren zum Thema „Faust" versucht, dieses kleine gelbe Heftchen zur Rechenschaft zu ziehen. Die brennen nicht einmal.

Jedenfalls erklärt man mir in einem tatsächlich sehr humorigen Antwortschreiben, dass man sich für das Interesse bedankt. Man habe auch schmunzeln müssen und mein Schreibstil wäre durchaus gefällig. Allerdings wäre man darauf spezialisiert, die „großen Meister" zu verlegen, und diese wären bedauerlicherweise schon verstorben. Es wäre aber für die Zukunft nicht auszuschließen, dass mein Buch eventuell posthum vom Verlag veröffentlicht wird. Ich bin ehrlich, so lange möchte ich nicht warten, also harre ich der Dinge, die da noch kommen, und hoffe das Beste. Als ich schon nicht mehr damit rechne, dass sich jemand seriös mit meinem Anliegen beschäftigen möchte, bekomme ich von einem renommierten Verlagshaus eine Nachricht. Bedankt haben sich alle, aber hier wird mir auch genau erklärt, warum ich dort nicht unterkommen kann:

Mein Schreibstil sei humorig, hier und da vielleicht ein wenig holperig, und man würde sich freuen, wenn meine Suche erfolgreich wäre. Allerdings erinnert mein Stil an den eines derzeit in aller Munde seienden, mein Stil sei schlicht „sträteresk". Da man bereits erfolgreich mit Torsten Sträter zusammenarbeitet, würde eine Zusammenarbeit mit mir nicht in Frage kommen, da man uns beide nicht in Konkurrenz setzen möchte.

Ich gebe zu, dass diese Absage von Ullstein die geilste von allen war. Ich schreibe „sträteresk" und ich werde als Konkurrent zu Torsten Sträter wahrgenommen. Wobei ich sagen muss, dass ich nicht von einer Konkurrenzsituation ausgehen möchte. Ich glaube, wir könnten uns gegenseitig gut tun und uns unterstützen. Schließlich denke ich darüber nach, vielleicht wirklich einmal auf eine Bühne zu gehen, und da brauche ich ja auch eine Art Vortänzer, der die Temperatur im Saal schonmal etwas hochbringt. Ich glaube, das würde er schaffen.

Das Fazit meiner Bemühungen ist, dass ich keine Lobby habe und daher den bereits beim ersten Buch eingeschlagenen Weg gehe. Klar tue ich das, sonst würdet ihr das hier ja nicht lesen können.

Fan-Rivalität oder:

Das hat er sich verdient

Ich musste heute in die Stadt. Da in Wesel Parkplätze rar sind, fahre ich notgedrungen in ein Parkhaus. Eine etwas längere Zufahrt, dann gabelt es sich und man kommt zu zwei Kartenautomaten und Schranken. Hinter mir fährt bereits seit einiger Zeit ein Auto, Fahrer und Beifahrer rüpeln im Kfz, bei Einfahrt ins Parkhaus ertönt das Steigerlied. Ich ahne grob, worum es geht, auf meinem Nummernschildhalter ist das Logo des BVB09 abgebildet mit dem Text „Ich fahr mit dir wohin du willst!"

Da stehe ich drüber, entscheide mich für die rechte Schranke, er nimmt die linke. Ich ziehe mein Parkticket, der Beifahrer des anderen Fahrzeugs singt Schmähgesänge gegen den BVB. Kann er machen, wenigstens steigt der BVB in dieser Saison nicht ab.

Der Fahrer spielt mit dem Gas. Meine Schranke öffnet sich, seine noch nicht. Ich fahre los, er auch. Einen lauten Knall später steht sein Fiat Tipo mit der gesplitterten Windschutzscheibe an der noch nicht geöffneten, aber verbogenen

Schranke. Ich parke mein Kfz, geselle mich zu den beiden Vollpfosten und biete meine Hilfe an. Die beiden stehen etwas konsterniert neben dem Fiat und wissen nicht, was zu tun ist. Die Parkhausaufsicht hat das Spektakel wohl über Video mitbekommen, über einen Lautsprecher am Kartenautomat wird mitgeteilt, dass die Polizei verständigt wird.

15 Minuten später kommen zwei Polizisten hinzu. Sie befragen das dynamische Duo als Verursacher und mich als Zeugen. Als ich dem Polizisten erkläre, was im Vorfeld passiert ist (Steigerlied und Schmähgesang), ohne zu wissen, ob das von Relevanz ist, schaut der Polizist mich an und sagt: „Schade, dass es für den Crash keine Punkte gibt, die könnte Schalke gut gebrauchen." Wir grinsen ein wenig und dann schiebt er hinterher: „Das hat er sich verdient!".

Leben auf dem Land, Schützenfest und das Ende der Welt

Ich lebe seit knapp sieben Jahren in Wesel am Niederrhein. Wer genau aufgepasst hat, wird es bemerkt haben, ich hatte ein Leben vor Wesel. Aber nicht so idyllisch und ländlich. Ich komme aus Oberhausen. Diese Stadt im Ruhrgebiet, die genau zwei Aushängeschilder hat. Zum einen ist Oberhausen die Wiege der Ruhrindustrie. Ist absolut uninteressant für die meisten und Oberhausen macht da jetzt auch kein Fass auf. Das Einzige, was an dieses historisch bedeutsame Ereignis erinnert, ist ein nie geöffnetes Museum in einer Seitenstraße.

Zum zweiten beheimatet Oberhausen ein respektables Jeanshosenkontor, das CentrO. Als Einkaufsmeile für die ganze Familie gedacht, ist es mittlerweile verkommen zu einem Hosenbasar. Achtzig Prozent der Händler bieten Hosen an. Und es gibt Smartphones und einen Fanshop des FC Bayern – warum auch immer.

Ich bin dort groß geworden und habe Oberhausen für den Nabel der Welt gehalten. Ich kannte Duisburg, hatte damals schon mit meinem

Onkel Kaffee aus Venlo geschmuggelt, war mit meinen Eltern mal in Südtirol. Für mich war klar, dass hinter Venlo die Erdscheibe abknickt und die Welt zu Ende ist. Oberhausen, da war ich mir sicher, werde ich nie verlassen. Warum auch?

Ich hatte es tatsächlich einmal versucht. Schermbeck-Gahlen, ein Kaff irgendwo nahe der Erdkrümmung sollte für wenige Monate mein zu Hause sein. Es gibt einen Lottoladen, in dem auch Backwaren verkauft werden, einen Tante-Emma-Laden, der Mittagspause von 11:30 bis 15:00 Uhr hat und sowieso um 16:30 Uhr zumacht. Und es gibt den Nachbarn. Alteingesessener Gahlener mit der Tendenz zum Befehlston. Irgendwann komme ich von der Arbeit heim, bemerke in der Dorfmitte ein bereits aufgebautes Festzelt, welches morgens noch nicht dort stand. Ein riesiges Plakat kündigt den Bewohnern an, dass demnächst wieder Schützenfest sei.

Auf meinem Weg in meine Wohnung passt mich der Nachbar ab und erklärt mir, als frisch Zugezogenem, dass am Wochenende Schützenfest ist. Ich nicke verständnisvoll, gehe an ihm vorbei und er ruft mir hinterher: „Schützenfest. Nicht vergessen." Zwei Tage lang teilt der Nachbar mir als Zugezogenem (ich denke, es scheint ihm irgendwie wichtig) noch mehrfach mit, dass Schützenfest ist. Ich hätte diese Information eigentlich nicht benötigt, denn der Lärm, der am Wochenende in mein Wohnzimmer knallt, lässt mich darauf schließen, dass da eine Tanzveranstaltung mit Musik stattfindet.

Anfang der nächsten Woche möchte ich wie jeden Morgen beim Lottoladen meine Brötchen holen. Beim Betreten des Ladens verstummen die Menschen. Mein Nachbar, frühverrenteter Ruhestandspensionär schaut mich mit bösem Blick an. Widerwillig händigt mir die Lottofee meine Backwaren aus. Ich kann mir keinen Reim darauf machen, warum die Menschen mich meiden. Dann prallt mir der Nachbar ans Trommelfell, indem er mir mitteilt, dass ich nicht auf dem Schützenfest war und das als Zugezogener. Meine nicht ganz ernst gemeinte Erklärung, dass schlechtsitzende Uniformen und noch schlechtere Musik keinen Platz haben in meinem Jahres-Highlight-Rückblick, fallen hier nicht auf fruchtbaren Boden.

Lange Rede, kurzer Sinn, ich war dann schnell wieder in Oberhausen, weil mich der dort ansässige Eingeborenenstamm nicht als Mitglied akzeptieren wollte.Ich habe mir in meiner

Schulzeit mal eine gute Note in einer Erkunde-Leistungskursklausur zerschossen, weil ich als Abschlusspassage am Ende bemerkte, das Oberhausen der Nabel der Welt ist. Die ganzen Vororte, wie Bottrop, Essen, Duisburg und Mühlheim seien geografisch zu vernachlässigen. Die nächste größere Stadt wäre Holland. Gefährliches Halbwissen.

Nach weiteren Jahren in Oberhausen und einer umfassenden Umstrukturierung meines Privatlebens — mittlerweile war ich Single — regt sich in mir der Wunsch, wieder eine Frau an meiner Seite zu haben. Mit vierzig noch in eine Diskothek zu gehen, scheint mir falsch, also versuche ich es mit einer Kontaktbörse im Internet. „Friendscout" ist kostenlos und simpel zu bedienen.

Ich erstelle ein Profil, gebe meinen Klarnamen an und füge ein Foto ein. In einem Kästchen kreuze ich an, was für mich wichtig ist an einer Frau und einer Beziehung und schicke alles ab. Nach wenigen Minuten ist mein Account erstellt und ich harre der Dinge, die da kommen sollen.

Abends schaue ich in mein Postfach. Eine neue Nachricht. Eine Melanie fragt mich komplett in Großbuchstaben geschrieben, ob ich nicht Rodrigo aus Bergkamen bin. Ich denke kurz nach. Auch wenn man mit viel Phantasie, einer respektablen Sehschwäche und vielleicht dem einen oder anderen Lumumba zu viel beide Namen miteinander vergleicht, ist es schwer, hier eine Übereinstimmung zu finden.

Drei Tage später habe ich mit der Chatfunktion von „Friendscout" alle wichtigen Informationen über Rodrigo aus Bergkamen bekommen. Melanie hat mir alles erzählt und ich stimme ihr zu, dass Rodrigo ein Schuft ist. In meiner Sache bin ich jedoch noch keinen Schritt weiter.

Ich bekomme immer mal wieder Anfragen. Ich finde interessant, was gesucht wird, manche Frauen haben da ganz genaue Vorstellungen. Im Idealfall bin ich ein muskelbepackter Adonis, der als Allroundtalent im Haushalt für Ordnung sorgt, zumindest so gut mit ihren Kindern klarkommt, damit sie samstags abends schön auf der Malle-Party Eimersaufen bis zum Verlust der Muttersprache praktizieren kann. Zudem wäre Humor ganz nett, zwanzig Zentimeter sollten mindestens vorhanden sein, Technik ist schließlich doch nicht alles und natürlich sollte ich gut verdienen. Ich merke in diesem Moment – Rodrigo ist eine Frau.

Ich beende das Experiment „Friendscout", und nach einiger Zeit wage ich einen erneuten Versuch. Dieses Mal ist das Portal kostenpflichtig, von Pro7 erdacht und wirkt wissenschaftlich fundiert. Ab sofort parshippe ich. Ich muss nicht nur mein Sternzeichen angeben, sondern wirklich tiefgehende Fragen beantworten. Am Ende steht da ein Profil, welches mit Profilen von passenden Pendants verglichen wird. Hier nun kann die Gegenseite sich überlegen, ob sie mit mir in Kontakt treten möchte – und umgekehrt. Ich habe drei Monate bezahlt und erwarte nicht weniger als Action, ein glühendes Postfach und viele interessante Bekanntschaften auf meiner Suche. Das Postfach bleibt kalt, die wenigen Nachrichten, die eintrudeln, bleiben vage und die Kontakte versanden. Mein Quartals-Abo nähert sich dem Ende und ich arrangiere mich mit dem Gedanken, mein restliches Dasein allein zu verbringen.

Es ist tatsächlich kurz vor Ende der Zeit, als sich doch noch ein Kontakt ergibt. Ein wunderschöner Text, ich fühle mich abgeholt, da ist etwas, was mich neugierig macht. Ich muss an dieser Stelle gar nicht viel mehr schreiben. Ich habe sie kennengelernt. Die Frau an meiner Seite, meinen Anker, meinen Ruhepol, meinen Lieblingsmenschen. Allerdings erklärt sie mir bereits zu Beginn, dass sie aus Wesel kommt. Dem Diercke-Weltatlas und dem aktuellen Bahnfahrplan entnehme ich, dass sie 26 Kilometer, bzw. 18 Minuten mit der Bahn entfernt wohnt. Ich habe mich aus Oberhausen herausgetraut und es nicht bereut.

Das Einzige war, dass sie mich immer wieder fragte, ob es mir in Wesel gefallen würde. Wesel wäre ja jetzt nicht wirklich attraktiv. Ich habe sie einmal mitgenommen in mein altes Leben. Nach Oberhausen-Sterkrade. Wir sind durch die Einkaufsstraße gegangen, haben uns von den aneinandergereihten Billigläden, den Handyläden und den Leerständen beeindrucken lassen. Seitdem schätzt sie ihre Heimatstadt vielleicht wieder ein wenig mehr. Ich lebe jetzt auf dem Land und ich bereue es nicht. Ich habe meinen geografischen Horizont erweitert und meine Angst überwunden, hinterm Rhein von der Erdscheibe zu fallen. Danke.

Eimer, ich brauche Eimer

In meinem früheren Leben habe ich eine Ausbildung zum Koch gemacht. Kochen, auch in einem Restaurant, ist Leidenschaft, Liebe zum Produkt, Kreativität, aber auch Anstrengung, Hitze, Stress und eine Portion Blödheit.

Eine gute Sauce gehört in jedes Restaurant. In meinem Lehrbetrieb wurde diese Sauce selbst hergestellt. Anders als vielleicht in der Dorfkneipe „Zur über dem Zaun hängenden Gans" wurde bei uns das Kochen dieses legendären Sudes zelebriert. Also noch nicht von mir, ich war im ersten Lehrjahr nach langer Krankheitszeit und noch nicht dazu auserkoren, diesem Prozess des Glacé-Werdens beiwohnen zu dürfen. Glacé ist der pure Geschmack, jede Zutat wird sorgfältig ausgewählt und nach höchsten Standards zubereitet. Wer jetzt glaubt, ich würde übertreiben, hier die Zubereitung im Zeitraffer:

Kalbsknochen mit Fleischanteilen und Knochen vom Schwein werden im Ofen angeröstet. Wurzelgemüse wird in gleichmäßige Stücke geschnitten. Die gebräunten Knochen werden aus dem Ofen genommen und in eine Kippbratpfanne mit großer

Bodenfläche gegeben und das Wurzelgemüse wird unter Zugabe von hochwertigem Fett mit den Knochen, Gewürzen und Tomatenmark angeschmort. Die Bleche, auf denen die Knochen im Ofen angeröstet wurden, werden mit etwas Wasser gefüllt und kurz auf den Herd gestellt, um auch den Bratensatz zu lösen – Stichwort „purer Geschmack". Dieser aufgekochte Bratensatz wird aufgefangen. Wenn das Gemüse angeschmort ist, wird das Ganze mit Rotwein abgelöscht und einreduziert. Dieser Vorgang wird mehrfach wiederholt. Dann wird das Bratgefäß mit Wasser und dem Bratensatz aufgefüllt und die Sauce köchelt mehrere Stunden vor sich hin, wird ständig kontrolliert. Da sie dabei immer wieder einreduziert, sprich, die Flüssigkeit verdampft, wird immer wieder aufgefüllt. Nach einigen Stunden wird die Sauce durch ein Sieb gegeben und beiseitegestellt. Man bekommt den ersten Saucenansatz.

Nun beginnt der Vorgang erneut – Knochen anrösten, usw. - und an dem Punkt, wo man das Bratgefäß mit Wasser auffüllen würde, gibt man nun den ersten Saucenansatz hinzu. Wieder köchelt das ganze mehrere Stunden, wird immer wieder kontrolliert. Nachdem man dieses Produkt nun durch ein Sieb passiert hat (beim sogenannten Passieren werden auch feine feste Teilchen aus der Flüssigkeit gefiltert) erhält man eine kraftvolle Sauce, die nach dem Erkalten gelee-artige Konsistenz erreicht. Der pure Geschmack. Ihr merkt schon, selbst im Zeitraffer dauert das und es ist ein wahnsinniger Aufwand.

An diesem Punkt nun darf ich wieder mitspielen. Mit dem Kochen der Glacé hatte ich an diesem Tag nichts zu tun, ich hatte ja auch noch keine Ahnung davon. Die Sauce war in drei Eimer à 15 Liter abgefüllt und stand zum Abkühlen irgendwo in der Küche, wo sie eben nicht im Weg stand.

Es ist ein typischer Samstag in dieser Küche. Der Küchenchef ist genervt, es kommt die übliche Hektik auf, der Ton wird rauer. Ich bemühe mich, möglichst unter dem Radar zu fliegen, denn der Chef hat es in der Regel immer auf die Auszubildenden abgesehen. Ich bin der Einzige an diesem Tag, also bemühe ich mich, möglichst nicht aufzufallen. Das Abendgeschäft beginnt, und es ist absehbar, dass ich an diesem Abend mit meiner Arbeit überfordert bin. Viele Bestellungen, viele Sonderwünsche, ein immer lauter werdender Küchenchef.

Mein direkter Vorgesetzter in der kalten Küche schlägt dem Chef vor, mir eine andere Aufgabe zuzuteilen, da ich scheinbar im Weg stehe oder Ähnliches. Chef ist begeistert von der Idee und nach kurzem Überlegen erteilt er mir den Auftrag, 30 Kilo Kartoffeln zu schälen. Kurz denke ich „Arschloch", sehe dann aber die Möglichkeit, mich elegant aus dem Abendbetrieb herauszunehmen und mich bequem sitzend in der Gemüsekammer um das Enthäuten der Erdäpfel zu kümmern.

Ich frage noch kurz, wo die Kartoffeln anschließend gelagert werden sollen, und bekomme die schroffe Anweisung, die in Eimern mit Wasser bedeckt ins Kühlhaus zu stellen. Klare Anweisungen erfordern eine prompte Ausführung, und ich gehe auf die Suche nach Eimern. Da ich nicht fündig werde, wage ich mich erneut in den Dunstkreis des Cholerischen und frage vorsichtig nach. Er steht an seiner Herdseite, schaut mich an, und plötzlich schreit es aus ihm heraus, dass er sich nicht um jeden Scheiß kümmern kann. Ich solle suchen und gefälligst aufhören, ihm mit so unwichtigem Blödsinn auf die Eier zu gehen. Zur Not soll ich Eimer spülen, das sollte ich doch wohl hinbekommen. Mit einem wenig freundlichen „Verpiss dich" schickt er mich wieder weg. Ich suche nach Eimern und finde drei Stück. Die sollten reichen. Da sie im Bereich der Spüle stehen, gieße ich den Inhalt in den Ausguss und spüle sie richtig gründlich durch.

Ich sitze circa dreißig Minuten in der Gemüsekammer und kümmere mich um die Kartoffeln, als ein gellender Schrei durch das gesamte Gebäude hallt. Ich bin mir nicht sicher, aber ich glaube, meinen Namen gehört zu haben. Vorsichtig betrete ich die Küche. Jeder ist sehr leise und schaut mich an. Der Alte, wie wir den Küchenchef immer liebevoll genannt haben, steht vor mir. Seine weit aufgerissenen Augen, sein roter Kopf und die pulsierende Halsschlagader deuten mir vage an, dass er irgendwie unzufrieden ist. Er fragt mich bemüht und beinahe gezwungen ruhig, ob ich Eimer gefunden hätte. Ich bejahe. Seine Frage, woher ich die habe, beantworte ich klar und deutlich. „Die standen zum Spülen am Spülbecken." Scheinbar die falsche Antwort, denn plötzlich fliegen mir mit gefühlt 80 Dezibel Schimpftiraden um die Ohren. Wie ich so blöd sein könnte. Meine Eltern bekommen auch noch ihr Fett weg, er wünschte sich, ich wäre nicht mehr da, oder er wäre tot.

Vom Geschrei angelockt, betritt der Besitzer des Restaurants die Küche und fragt, was passiert sei. Der Alte schreit wieder. „Sauce weggekippt, mimimi, zu blöd, mimimi, rausschmeißen, mimimi, ganze Arbeit umsonst, mimimi."

Der Besitzer fragt den Alten, wer die Eimer an die Spüle gestellt hat. Na er selber natürlich, zum Abkühlen. Sauce sei Chefsache, weil die anderen das eh nicht können. Auf die Frage, ob er mir erklärt hätte, dass das Sauce ist und warum die da steht, antwortet der stimmgewaltige Alte relativ kleinlaut mit „Nein". Aus dem weiteren Dialog ergibt sich, dass ich nicht wissen konnte, was da steht und die Schuld für das Desaster nicht bei mir liegen würde. Zudem wäre es schön, wenn er weniger schreien würde, er verschrecke die Gäste.

Der nächste Morgen. Ich komme mit einem schlechten Gefühl zur Arbeit. Der Alte erwartet mich schon. „Schraven, wir kochen Sauce!".

Ans tote Kamel gekettet

Wer erinnert sich nicht? Kölpin-Hecht für 15,30 € pro Kilo.

Ich hatte mich einmal im Wartebereich des örtlichen Spitals mit Fischpreisen beschäftigt. Getriggert durch deutsche Übersetzungen von Scooter-Texten. Scooter, das sind drei Herren, durchaus seriös aussehend und mit einem Faible für laute Musik ausgestattet.

Liedtexte von Scooter sind jetzt vom Niveau her eher bordsteinnah und vernachlässigungswürdig. Zumal herausgebrüllt, wie meistens bei dieser Krawall-Combo, kommen die Texte eh kaum zur Geltung. Ich vermute, dass man irgendwas mit Text machen wollte, weil der Kopf der Truppe kein dieser Musikrichtung zuträgliches Instrument spielen kann. Nun also Gesang.

Neulich schwimme ich durch die Weiten des World Wide Web, als mir ein Interview mit dem Chef der Kapelle ins Auge und ans Ohr fällt. Auf die Frage, wie anstrengend es ist, Hit um Hit zu produzieren, fällt neben anderen genau diese Aussage:

„Das Schwierigste ist, die Texte zu schreiben!"

Ich wollte das einfach mal so stehen lassen, aber es arbeitet in mir. Ich habe kurz darüber nachgedacht, ob ich vielleicht im Scooterversum Lieder noch nicht gehört und somit vielleicht tiefgründige Lyrik verpasst haben könnte.

Ich kann mich selbst beruhigen – habe ich nicht.

Liedtexte zu schreiben bedeutet in diesem Zusammenhang, englische Begriffe so aneinander zu reihen, dass Reime entstehen. Manchmal werden die Worte zusätzlich entweder mangels Wissens falsch ausgesprochen oder künstlich so verändert, dass wieder ein Reim entsteht.

Perlen aus dem Scooterversum gibt es im Internet zuhauf. Lesen ist kompliziert, trotzdem empfehle ich allen, einfach mal reinzuhören.

Das Jahr 2020 schien schwierig zu sein für die Combo, es wurde ein Lied veröffentlich mit dem Namen „F*ck 2020". Kann man machen, Kritik zu äußern hilft auch vielleicht, Frust zu kompensieren. Ich habe den Text gelesen. Wohlklingend im Englischen, hanebüchen im Deutschen. Es wird viel gerannt, mitunter so viel, bis man nicht mehr kann. Hindernisse gibt es keine und man gibt keinen Pfennig. Jeder ist irgendwie verrückt, aber in der Membran.

Das Lied endet mit der tiefgründigen Botschaft „Im falschen Kanal stecken geblieben, wie an ein totes Kamel gekettet".

Der aktuelle Gassenhauer der Techno/Rave-Kapelle bietet auch einige tolle Textpassagen, die dem ungelenken Englischsprecher im Original einen tollen Text ans Trommelfell legen. Das Deutsche wiederum ist eher sperrig.

Es geht ums Tanzen. Die ganze Nacht, von der Abenddämmerung bis zum Morgengrauen. Soweit, so gut, es folgt der interessante Teil.

Man wähnt sich am Ort, an dem mit der Kraft des Basses irgendetwas zurückgesetzt wird, man erkennt, dass sieben eine Zahl ist, quasi das achte Weltwunder. Es geht in der Folge um Zauberer an den Tasten, während der Sänger am Kabel ist und seiner Begleitung erklärt, beide würden brennen. Zudem ist er roh, heiß und ein super Schuss, er hat einen Drop bekommen und tanzt die ganze Nacht, Tick-Tack. Als Tipp erwähnt er noch, seine Begleitung solle nach links laufen, wenn nichts richtig läuft. Dann folgt zum wiederholten Male die Aufforderung, die ganze Nacht zu tanzen. Man soll seine Jugend nicht verschwenden, sondern lieber Feuer in der Kabine verursachen.

Ich möchte hier an den Anfang zurückschwenken.

„Das Schwierigste ist, die Texte zu schreiben!"

In diesem Sinne:

Waste your youth as we cause fire in the booth.

Bäume, überall Bäume

Manchmal lasse ich mich breitschlagen und erkläre mich bereit, die Jugend nach der einen oder anderen Zusammenkunft, bei der auch Alkohol gereicht wird, abzuholen.
Früh morgens, so gegen 01:00 Uhr; bekomme ich auf meiner mobilen Telefonzelle einen Anruf. Ich gehe ran, melde mich und bekomme etwas ans Ohr gehaucht, was klingt wie ein Staubsauger, mit dem versehentlich Wasser aufgesaugt wurde:

„Hao… Hao… Kassu misch abol'n? Hao? Haaaaooo? Kassu misch abol'n bidde?

Ich beherrsche „Betrunken" in Wort und Schrift, also verstehe ich, was gemeint ist, und frage, wo genau ich ihn abholen soll. Für einen kurzen Moment ist da eine seltsame Stille am anderen Ende, dann wird mir beinahe verzweifelt erklärt, dass dort „üball Bäume" sind. „Üball sin Bäume, so viele Bäume!"

Bäume, dieses am Niederrhein eher selten auftretende Phänomen Mir hilft diese Information nicht wirklich weiter, also frage ich nach, wo sich die Bäume genau befinden.

„Die Bäume sin hier im Wald! Im Wald, da sin die Bäume! Kassu misch hier bidde abhol´n bidde? Dange!" Dann wird aufgelegt. Ich bin ja eher der geduldige Typ, also rufe ich zurück. Eine andere Person geht ans Telefon, genauso betrunken. Ich frage, wo der ist, mit dem ich soeben telefoniert habe. „Der´s hier!" Ich frage nach, wo dieses „Hier" sein soll. Es tritt Stille ein und der junge Mann erklärt mir, dass da Bäume sind. Ich bin gut drauf und frage nach: „Viele Bäume?" - „Ja Mann, so viele Bäume. Ein ganzer Wald voll Bäume!" Ich bitte den jungen Mann, den Live-Standort beim Messenger zu aktivieren, ich würde dann zum angegebenen Ort kommen.

Der junge Mann schnauft, macht irgendwas am Handy und ich höre ihn dabei sagen: „Stanort, woisn hier Standort ... Hier sin Bäume" und fragt mich dann unvermittelt: "Kannsu googlen?" Ich frage, wonach ich googlen soll. „Hier beie Bäume is´n Sportplatz. Guck bei Google, wir machen ein Feuer an!"

Ich fange den jungen Mann wieder ein und bitte ihn energisch, doch wenigstens zu versuchen, die Standortfunktion zu aktivieren. Es klappt und ich erkenne, dass es nicht allzu weit ist. Während ich in die Richtung fahre, bemerke ich, dass sich der

Standort des Handys immer weiter verändert. Ich rufe die Nummer an. Der junge Mann geht wieder ran und fragt mich, woher ich seine Nummer habe. Ich erkläre ihm, dass es nicht sein Handy ist und frage, warum die Leute nicht einfach warten, bis ich da bin.

„Aufm Sportplatz is Feuer. Wir haun ab, bevor die Bullen kommen." Ich bin mit dem Auto schneller und erreiche die Horde Trunksüchtiger. Das Feuer ist ein kleiner Ast, der vor sich hin glimmt. Alleine auf einem Ascheplatz. Mit zwei Tritten ist „der Brand" gelöscht. Im fahlen Schein meines Standlichtes liegt mein Passagier. Zusammengerollt, wie ein Geschenk in seine Picknickdecke gepackt, und schläft den Schlaf des Gerechten. Mitten auf der Straße. Ich packe meine Fracht ins Auto und fahre mit ihm nach Hause. Unterwegs bekomme ich ein „Dange fürs abhol'n un dassu misch nich bei den Besoffenen gelassen has. Besoffene sin ech komisch "

Gern geschehen, und ja, das kann ich so bestätigen.

Glaubenskleber

Ich bin kein gläubiger Mensch. Ich bin katholisch, getauft, habe die Kommunion empfangen und habe dann irgendwann beschlossen, dass ich nicht mehr aktiv glauben möchte. Es gab keinen Auslöser, es war einfach die Entscheidung, mich nicht mehr mit dem Glauben beschäftigen zu wollen.Ich akzeptiere jede Religion und finde es gut, dass sich Menschen mit dieser befassen und sich zum Beispiel auch an deren „Spielregeln" halten.

Es gibt Religionen, die gehen aktiv auf Menschen zu und versuchen, sie davon zu überzeugen, dass genau ihr Weg der einzig wahre sei. Das passiert häufig an der Haustür. Bisher war es so, dass immer Menschen mittleren Alters an meiner Tür geschellt haben und sich mit mir über Gott unterhalten wollten. Es war aber nie ein Problem, freundlich abzulehnen. Die Damen und Herren haben sich bedankt, mir einen schönen Tag gewünscht und sind weitergezogen.

Irgendwann kam dann aber die „Next Generation of Ding-Dong-People".

Ich habe Spätschichtwoche, bin also zu Hause, als es an der Haustür schellt. Ich öffne und eine junge Frau in Begleitung einer älteren Dame begrüßt mich und fragt, ob ich einen Moment Zeit hätte. Ich erkläre freundlich, dass ich erstens eigentlich keine Zeit habe und zweitens kein Interesse an einem Gespräch über Religion.

Die junge Frau, scheinbar auf Schwungrad laufend, interessiert sich nicht für meinen Wunsch nach Restruhe vor der Arbeit und berichtet quasi ohne Anlaufzeit davon, wie wichtig der Glaube in der derzeitigen Situation ist. Wie wichtig es ist, sich gerade jetzt daran zu erinnern, dass Gott seinen Sohn geopfert hat für die Menschen, usw. Ich kann nur wiederholen, dass mir diese Materie fremd ist, ich mich damit nicht beschäftige und ich eigentlich Besseres zu tun habe. Die junge Frau möchte sich nicht abwimmeln lassen und zu einer neuen Redeattacke ansetzen.

Wer mich kennt, weiß, dass ich in mir ruhend bin, und doch beschließe ich, auf ihr Gesprächsangebot einzugehen.

„Wie dumm muss Gott eigentlich gewesen sein?" beginne ich ruhig und blicke in ein entsetztes Gesicht. „Gott hat die Menschen geschaffen und hat dann ewig lange zugesehen, wie das, was er da zustande gebracht hat (Menschen, Licht, Wasser, Erde, usw.), den Bach runtergeht. Und dann, als die Kacke am Dampfen ist, schickt er seinen Sohn, damit der sich ans Kreuz nageln lässt? Wäre es in seiner Eigenschaft als Gott nicht einfacher gewesen, die göttliche Handfeger-Kehrblechkombi zu nehmen, mal kurz durchzufegen und dann nochmal ganz von vorne anzufangen? Wie soll ich an einen Chef glauben, der alles so beschissen weiterlaufen lässt, obwohl er doch angeblich die Allmacht hat, alles zu korrigieren? Und warum muss ich mich hier an der Haustür jetzt mit seiner Praktikantin herumärgern, die einfach nicht verstehen will, dass da auf dem Esstisch eine Tasse Kaffee kalt wird?"

Ich blicke in das noch immer entsetzte Gesicht und in ein altersmilde lächelndes der Begleiterin. Diese fragt mich, ob ich vielleicht zu einem späteren Zeitpunkt noch einmal ein Gespräch wünsche und beantwortet sich die Frage gleich selber. „Ich glaube nicht!" Ich erwidere: „Ich *glaube* auch nicht!"

Kurzes Zwischenspiel oder:
Frau mit Humor

Ich werde manchmal von irgendeiner Seuche heimgesucht. Dieses Mal war es eine Bronchitis, die mich beinahe dahinraffte.Ich möchte hier vor allem die Damen bitten, von hämischen Kommentaren abzusehen, denn es war jetzt keine herkömmliche Männergrippe, sondern ein respektabler Angriff auf meine Atemwege, der keinen Humor duldet. Atemnot, anhaltender Hustenreiz bis kurz vor dem Erbrechen, Abgeschlagenheit, Müdigkeit, Kopfschmerzen, Halsschmerzen, alles war im Angebot. Ich nehme an, ich hatte „All inclusive" gebucht, denn ich hatte alles. Und als Kirsche auf der Torte habe ich mein Umfeld aktiv teilhaben lassen an meinem Leiden, vorwiegend mit schlechter Laune.

Irgendwann war es dann besser, was meinem Umfeld und vor allem meiner besten Hälfte sofort auffiel, was sie zu einem Reim hinreißen ließ:

„Sechs Tage war der Patrick krank,
jetzt humoriert er wieder, Gott sei Dank".

Ostersamstag – oder: die Chronologie des Bescheuerten

Mit den Feiertagen ist das ja immer so eine Sache. Plötzlich sind sie da und man ist überrascht. Das letzte Ostern war doch erst, wo kommt denn jetzt dieses her? Zudem war ja erst Weihnachten. Jetzt geht also wieder das Stressen los. Für die Feiertage muss eingekauft werden. Wer weiß, ob die Geschäfte jemals wieder öffnen. Aber fangen wir von vorne an.

Donnerstagvormittag vor Ostern

Es ist, wie es ist. Das Jahr ist rum, Ostern steht vor der Tür und gefühlt allen Menschen fällt am Donnerstag ein, dass ja am folgenden Tag Karfreitag ist. Feiertag. Also ein Tag mit geschlossenen Geschäften. All den Menschen, denen genau diese Erkenntnis wie Schuppen aus den Haaren fällt, kommt genau derselbe Gedanke in den Kopf. Einkaufen. Lebensmittel einkaufen. Irgendwas Festliches. Und osteraffinen Süßkram. Also werden die Lebensmittelgeschäfte geflutet. Parkplätze sind voll. Die, die genau das nicht verstehen, kreisen immer wieder, um zur Stelle zu sein, wenn ein anderer Jäger und Sammler seine wertvolle Fracht ins KFZ geladen hat und den Ort des Geschehens verlässt. Wenig festliches, wildes Hupen und Schimpftiraden lassen in diesem Moment nicht darauf schließen, dass ein hohes christliches Fest seine Schatten vorauswirft. Beim Beobachten könnte man meinen, man sei am Set von „The walking dead" gelandet.

Ich bin arbeitsbedingt viel im Stadtgebiet unterwegs, und wir kreuzen ständig die Lebensmitteltempel und sind froh, dass wir mit diesem Chaos nichts zu tun haben.

Donnerstagnachmittag vor Ostern

Geschafft von der Schicht komme ich nach Hause. Meine beste Hälfte war einkaufen. Ich bin froh, dass der Kelch an mir vorübergegangen ist, als sie mir eröffnet, dass sie das gewünschte Stück Fleisch nicht bekommen hat, und wir benötigten noch Milch und weiße Eier. Ich erkläre mich bereit, am folgenden Samstag die fehlenden Sachen zu besorgen.

Ostersamstag

Der Discounter meines Vertrauens hat großflächig offeriert, dass er an diesem Samstag bereits um 6:30 Uhr seine Pforten öffnet. Da es nichts Besseres gibt, als dem frühen Vogel die Show zu stehlen, stelle ich mir den Wecker, gehe um 5:45 Uhr mit dem Hund und stehe um 6:32 Uhr in den heiligen Hallen, allerdings dort vor leeren Regalen. Eier? Fehlanzeige, also beinahe. Es gibt noch einen 10er-Karton braune Eier, in dem sich genau vier Eier befinden. Das ist jetzt nicht der erfolgversprechendste Start, allerdings bleibe ich positiv. Auf dem Weg zur Fleischauslage passiere ich die Milchabteilung und ergattere die letzte Palette Milch. Irgendwo im Laden höre ich den Filialleiter mit einem Angestellten sprechen. Der LKW mit den neuen Lebensmitteln kommt gegen 08:00 Uhr und dann müssten die Regale schnell aufgefüllt werden, denn eigentlich wäre nichts mehr da. An der Fleischauslage erkenne ich, dass er recht hat. Es gibt noch einige Packungen veganes Hackfleisch und andere Absurditäten der tierverarbeitenden Industrie, jedoch nicht das, wonach ich suche. Ich bezahle die Milch und beschließe, zum EDEKA zu fahren. Der muss doch eigentlich gut sortiert sein, es ist zudem 6:45 Uhr und der Laden macht erst in 15 Minuten auf. Ich fahre wenig später auf den Parkplatz. Er ist fast leer. Ich freue mich, parke direkt vor dem Eingang – kurze Wege sind das Wahre.

Fünf Minuten später kann ich den Eingang, der sich circa vier Meter vor mir befindet, nicht mehr sehen. Ein Haufen Menschen hat sich vor der Tür versammelt. Ich stelle mich dazu, denn in wenigen Minuten werden die Türen geöffnet. Als es soweit ist und die Schiebetüren den Zugang freigeben, platzen lebensmittelkaufwütige Zombies in das Ladenlokal und verteilen sich in den Gängen.

Ich gehe taktisch vor. Den langen Gang geradeaus. Ich passiere die Eier, finde die, die weiß sind und nicht 6,99 Euro kosten. Check. Nächster Gang scharf links, ich komme direkt auf die Fleischtheke zu, an der bereits eine Dame bedient wird. Super. Ich bin der zweite, läuft also. Plötzlich spüre ich Atem in meinem Nacken. Ein Herr steht hinter mir und haucht mir ins Ohr, ob ich auch beim Fleisch anstehe. Ich schaue nach links und nach rechts. Vor uns liegen circa zehn Festmeter Theke, gefüllt mit Fleisch. Schätzungsweise 1000 Kilo. Vor uns. Weit und breit nichts anderes. Ich bejahe und er raunt, dass es ja hätte sein können, dass ich für Wurst anstehe. Wurst wird in diesem Laden circa zwölf Meter weiter links verkauft und somit eigentlich nicht in unserem Dunstkreis. Geduldig warte ich, bis die Dame vor mir fertig bedient ist, möchte dann meine Bestellung absetzen, als der Herr hinter mir trötet, er bekäme dieses und jenes.

Ich bleibe geschmeidig, die Heimfahrt ist nah, ich will mich nicht aufregen und erkläre der Verkäuferin, dass ich zunächst einmal gerne meine Ware hätte, da ich vor dem Herrn dran war. Er mosert herum, er hätte nicht viel Zeit und außerdem würde ich ja für Wurst anstehen. Freundlich, wie ich bin, gebe ich ihm den Tipp, dass man sich auf Alzheimer testen lassen kann, oder es mittlerweile auch hervorragende Hörgeräte gibt. Er geht, was ich sehr begrüße, und fragt eine an der Wursttheke stehende Dame, ob sie bei Wurst ansteht ... Mein Fleisch habe ich. Auf dem Weg zur Kasse ergattere ich noch eine Dose Sprühsahne, bemerke dann jedoch, dass ich die geordnete Limonade vergessen habe. Der Laden wurde vor kurzem umgebaut und die Getränke befinden sich nicht mehr im Kassenbereich. Ich drehe mich um und sehe den hinteren Teil des Geschäftes geflutet mit Ostereinkäufern. Ich beschließe, dass Limonade eh ungesund ist – und ich diese abends auch noch beim Netto besorgen könnte, der hat schließlich bis 22:00 Uhr geöffnet.

An der Kasse räumt vor mir eine Dame ihre circa zehn Teile auf das Band, ich stelle mich dahinter an, als der Herr von der Fleischtheke den Kassenbereich erreicht, mich sieht und sich an der Nachbarkasse anstellt, weil diese leer ist. Hinter mir füllt sich die Schlange und der Fleischtheken-Herr ist ein wenig unentspannt, weil es an seiner Kasse nicht weitergeht. Das mag vielleicht daran liegen, dass die Kasse geschlossen ist, aber ich werde nicht derjenige sein, der ihm dies verrät.

7:20 Uhr. Ich sitze im Auto. Der Parkplatz ist bis auf den letzten Platz gefüllt. Autos kreisen auf der Suche nach dem nächsten Jäger und Sammler, der seine wertvolle Fracht in sein KFZ lädt, um den Ort des Geschehens zu verlassen. Irgendwo höre ich Menschen wenig christliche Ausdrücke über den Parkplatz brüllen.

7:30 Uhr. Ich sitze zu Hause vor meiner Tasse Kaffee. Es ist vollbracht. Meine Gedanken gelten denen, die sich jetzt im Getümmel um die Lebensmittel streiten, die sich vordrängeln, die einen Parkplatz suchen.

Ostern kommt immer so plötzlich.

Der macht dich tot

Es gibt Begegnungen, da schüttele ich meinen Kopf oder am liebsten besser meine Gegenüber. Diese Momente, wenn meine Karamelligkeit in kürzester Zeit meinen Körper verlässt.

Ich gehe mit dem Hund. Mein Hund ist fünfzehn Jahre alt. Er kann fast nichts mehr sehen, seine Ohren sind mittlerweile außer Betrieb. Jeder Spaziergang ist ein einziges Trotten. Langsam gehen wir unsere Runde, er schnüffelt und macht Hundezeug. Einige Meter entfernt bemerke ich ein kleines Kind, das laut vernehmbar „Wauwau" sagt und dabei auf Artur zeigt.

Die Mutter schaut ebenfalls in unsere Richtung, nimmt ihre Tochter an die Seite und sagt deutlich vernehmbar: „Komm an die Seite, der Hund macht dich tot."

Mir begegnen ja ständig Menschen, bei denen ich irgendwann merke, dass dort die eine oder andere Latte im Zaun fehlt. Hier ist direkt geklärt, welch Geistes Kind sie ist. Ich trotte mit meinem Hund, der sich nur für die Wiese vor ihm interessiert, langsam an den beiden vorbei. Dabei höre ich die Mutter sagen: „Er kann dich sehen und gleich beißt er dich!"

Normalerweise respektiere ich, wenn jemand signalisiert, dass er zum Beispiel Angst hat vor Hunden.

Hier mache ich eine Ausnahme und wende mich den beiden zu und frage die Lütte, ob sie den Hund einmal streicheln möchte. Dabei trotte ich mit Artur auf die beiden zu. Bevor die Mutter irgendetwas machen kann, hat die Kleine ihre Hände tief in Arturs Fell vergraben und krault ihn. Ich erkläre ihr, dass er ihr nichts tut, weil er ein ganz Lieber ist. Um die Situation aufzulösen und die komische Mutter bloßgestellt vor ihrer Tochter dastehen zu lassen, möchte ich mit Artur weitergehen.

Die Mutter beugt sich herunter und will ihn streicheln. Ich ziehe ihn weg und sage ihm in ruhigem Ton, wohl wissend, dass er mich a) nicht hört und b) eh nicht weiß, was ich von ihm will: „Komm an die Seite, die Frau macht dich tot!" und gehe weiter. Sie fragt erschrocken, wie ich so etwas behaupten könne, dann stutzt sie kurz und entschuldigt sich. Wie so häufig ein klarer Fall von „Erst denken, dann reden".

Chantalle

In Deutschland geht nichts ohne Bürokratie. Zur Arbeitsaufnahme benötige ich Dokumente. Diese kann ich nur nach persönlicher Vorsprache bei der Stadtverwaltung beantragen. Wie sagt man so schön auf Suaheli? „Tumia siku ya mapumziko", „Nutze den freien Tag", also ziehe ich los. Wartemarken gibt es nicht, man muss sich an der Information anmelden, in die Wartezone gehen und dort darauf warten, dass man aufgerufen wird.

Bereits an der Information sehe ich diese junge Frau. Warum sie hier ist, ist uninteressant. Allerdings bemerke ich hier schnell, dass es lustig werden könnte. Die Dame an der Info fragt nach ihrem Nachnamen. Sie sagt "Chantalle". Die Dame fragt nach, ob das der Nachname ist, die junge Frau trötet erneut "Chantalle". Sie wird in die Wartezone gebeten und irgendetwas in den Computer getippt. Ich bringe mein Anliegen vor und bevor die Dame mir antworten kann, schellt ihr Telefon. Ich höre sie sagen: „Ja? Nein, nein, das ist der Name, den sie mir genannt hat ... keine Ahnung ... du wirst es merken ... Tschau."

Sie entschuldigt sich bei mir, möchte meinen Nachnamen wissen. Ich antworte „Patrick". Sie spuckt ein wenig beim Lachen, schaut mich an und ich beeile mich, „Schraven" hinterher zu schicken. Sie bittet auch mich in die Wartezone, die voll besetzt ist. Ich finde noch einen freien Stuhl und beginne damit, auf meinem Handy irgendein Spiel zu spielen, um mir die Zeit zu vertreiben.

Die junge Frau nutzt auch ihre Telefonzelle, allerdings telefoniert sie mit einer anderen Frau. Das tut sie mit Hilfe ihrer Freisprecheinrichtung. Es entsteht für jeden hörbar folgender Dialog zwischen 1 und 2, wobei 1 die Dame in der Wartezone ist und 2 „Melissa".

1 - „Bor Melissa Alter, lass mal nächste Staffel DSDS bewerben."

2 - *„Ich kann voll nich singen, ey. Wenn ich singe, ist das voll cringe, Alter."*

1 - „Ich war DSDS. Aber ich hab Dieter nicht gesehen, weil die Opfer vorne gesagt haben, dass ich nicht singen kann. So voll asi, die Asis."

2 - *„Dann lass Musikschule machen."*

1 - „Jo und dann gehen wir DSDS und werden Superstar. Dann muss ich nicht mehr Penny gehen und Regale sauber machen."

2 - *„Geil Alter. Dann machen wir Konzerte und Autogrammkarten."*

Währenddessen wird es in der Wartezone immer ruhiger. Ich ertappe mich dabei, wie ich auf das abgeschaltete Display meines Smartphones starre, nur damit nicht auffällt, dass ich mir dieses Gespräch tatsächlich bis zum Ende anhöre. Mein Nachbar tut genau dasselbe. In seinem Gesicht erkenne ich Anspannung. Man will ja schließlich nicht laut loslachen. Wir haben kurz Blickkontakt und schütteln fast unmerklich den Kopf.

Ich freue mich auf den Fortgang des Gespräches, als eine Mitarbeiterin eine Tür öffnet und laut ruft: „Frau Chantalle, bitte." Diese regt sich fürchterlich auf und ranzt die Dame an; „Ich habe auch noch ´n anderen Name." Ich mische mich nur kurz ein und erkläre Chantalle, dass sie den dann auch an der Info hätte verraten müssen.

Chantalle schaut mich an und fragt, wer ich denn bin. Ich stelle mich knapp vor mit „Patrick Bohlen". Sie schaut mich an, und bevor sie etwas sagen kann, mischt sich mein Sitznachbar ein und erläutert kurz: „der Onkel von Dieter". Aus ihrem Telefon krächzt es: „Geil Alter".

Circa 6 Minuten später verlässt die zukünftige Superstar-Finalistin das Großraumbüro, die Tür, von der aus die nächsten Kunden aufgerufen werden, öffnet sich und die Dame ruft mit einem Grinsen: „Herr Bohlen, bitte!" Eine Behörde mit Humor. Hat man auch nicht alle Tage.

Das Klassentreffen-Vorspiel

Ich war nicht immer der fast fünfzig-jährige, gutaussehende, smarte, charmante und irgendwie junggebliebene Dreitagebartträger. Ich war einmal jung. In dieser Zeit flog ich bei allem und bei allen unter dem Radar.

Damals, in der Unterstufe des Gymnasiums war ich verliebt. Oft. Gerne auch immer in dieselben Mädchen in meiner Klasse. Da ich die direkte Kontaktaufnahme aus Angst vor direkter Abfuhr meide, befolge ich einen Ratschlag meiner Mutter. „Wenn du es nicht aussprechen kannst, dann schreib es auf."

Ich habe geschrieben. Tintenpatrone um Tintenpatrone habe ich geleert, um den Damen mein Herz auszuschütten. Das hatte irgendwann ein Ende. Kein Happy End, aber irgendwann setzte bei mir der Prozess der Erkenntnis ein, dass jedes geschriebene Wort vergeudete Kraft und eine Sehnenscheidenentzündung schmerzhaft ist.

Ich habe nachgedacht. Woran hat es damals gelegen, dass ich bei den Mädchen in meiner Klasse ständig unter dem Radar unterwegs war? Die Erklärung ist heute so simpel. Die beliebten

Jungs in meiner Klasse waren cool. Sie hatten coole Schuhe, coole Hosen, coole Pullover, coole Jacken, coole Frisuren, coole Schultaschen. Wahrscheinlich waren auch Socken und Boxershorts cool und ich kann mir vorstellen, dass sie sogar coole Haut hatten. Und sie hatten Lamy-Füller.

Ich hatte Pickel. Das war allerdings schlicht zu wenig, um nennenswert in Erscheinung treten zu können. Wenn es etwas gab, mit dem ich auffallen konnte, dann war das meine Frisur. Alte Klassenfotos lügen nicht. Haare, die gebogen wie ein Helm meinen Kopf umspannten. Nein, im Konzert der „Reichen und Schönen" konnte ich nicht mitspielen.

Immerhin konnte ich Briefe schreiben. Mit meinem Pelikanfüller. Als ich aufgehört habe, meine Mitschülerinnen mit handgeschriebener Lyrik zu malträtieren, drohte dem Tintenpatronenhersteller kurzzeitig die Insolvenz.

Heute kann ich darüber lachen. Ich habe mein Glück gefunden. Aber damals, als ich als pickeliger, kleiner Junge nur einmal Händchen halten wollte, da war ich traurig, dass Pickel nicht cool waren.

Wie gesagt, das ist alles Schnee von übervorgestern. Wir sind alle unseren Weg gegangen und jetzt sollte es also soweit sein. Ein Klassentreffen nach vielen Jahren sollte stattfinden. Dank der modernen Technik und den viel gescholtenen sozialen Medien ist das Ganze in relativ kurzer Zeit geplant. Ort und Uhrzeit stehen und es macht sich langsam Vorfreude breit.

Der *Tag des Klassentreffens*

Ich bin ein wenig aufgeregt und freue mich, dass es bald losgeht. Ich sitze auf der Couch, fertig geduscht, habe zweimal kontrolliert, ob ich meine Schuhe richtig gebunden habe, meine Jacke liegt bereit und ich könnte losfahren. Es ist allerdings erst 15:30 Uhr und somit bin ich quasi viereinhalb Stunden zu früh dran.

Um die Zeit zu überbrücken, schiebe ich noch eine Hunderunde ein, räume den Geschirrspüler aus, bemerke beim Umdrehen einer Kaffeetasse, dass die Spülmaschine noch nicht angestellt wurde, ziehe also mein frisch kaffeefleckbewehrtes Hemd aus und entscheide mich für einen sauberen Pullover. Den Tag über habe ich nicht viel gegessen und ich erwärme mich für ein Brot mit Schokoaufstrich. Zehn Minuten später stehe ich im Schlafzimmer vor dem Schrank und suche ein sauberes Oberteil, denn mein Pullover hat Schokoladenflecken. Wenn das so weiter geht, dann muss ich absagen, weil ich nichts Sauberes mehr im Schrank habe.

Es geht los. Am Lokal angekommen, bemerke ich, dass ich noch immer viel zu früh dran bin. Aber es ist kalt im Auto, also beschließe ich, schonmal hineinzugehen. Das Restaurant ist brechend voll. Die Federführende hat einen großen Tisch reserviert, ich werde dort hingeleitet und sitze nun ziemlich mittig alleine an einem riesigen Tisch.

Das erste Getränk ist fast leer, als nach und nach die anderen eintreffen. Es ist ein großes Hallo, eine ist aus Hamburg angereist, andere aus Frankfurt. Aber egal, woher, es wird ein wunderbarer Abend. Ich stelle fest, dass wir alle irgendwie Beulen und Dellen bekommen haben, dass nicht jeder Lebenslauf geradlinig verlaufen ist und es doch schön ist, dass ich damit nicht alleine bin.

Ich könnte jetzt noch einiges über den Abend schreiben, aber ich möchte hier mit einer Abwandlung eines Filmzitates enden: „Was im Woodpecker´s passiert, bleibt im Woodpecker´s." Das sagen zu können, ist schon irgendwie cool.

Multitasking

Man sagt ja, Multitasking wäre den Frauen vorbehalten. Diese Gabe, mehrere Dinge gleichzeitig zu tun. Unfallfrei. Ich bin tatsächlich ein wenig neidisch auf die Frauen, dass sie so etwas beherrschen.

Meine beste Hälfte kann die Treppe hochsteigen, dabei den Handlauf benutzen und sprechen. Drei Dinge in einer Situation. Diese Koordinationsfähigkeit. Ich meine das vollkommen ernst. Sie muss die Beine anweisen, jetzt Stufe für Stufe die Treppe hochzusteigen, während ihre Hand den Handlauf umgreifen und dem Körper folgen muss. Dabei funktioniert das Sprachzentrum und sie kann sich klar artikulieren. Steige ich die Treppe hoch, schaue ich auf die Stufen, weil ich mir selber misstraue. Ich konzentriere mich auch darauf, einen Fuß vor den anderen zu setzen. Würde ich jetzt noch darauf vertrauen, dass meine Hände den Handlauf treffen, wäre ich verloren. An Sprechen ist gar nicht zu denken.

Beispiel Niesen. Es gibt Frauen, die schaffen es, bei auftretendem Niesreiz, eine in der Hand gehaltene Kaffeetasse abzusetzen, zu niesen und dann ihren Kaffee weiter zu trinken.

Ich trinke Kaffee und spüre den Niesreiz kommen. Es kribbelt, Spannung und Druck bauen sich auf. Ich nehme es sportlich und denke, ich schaffe es noch, einen Schluck zu trinken, bevor das Inferno losbricht, habe den Mund voller heißer Flüssigkeit und bemerke dann, dass ich mich vertan habe. Was tun? Entweder kneife ich den Mund fest zu und spüle mir mit dem koffeiniertem Heißgetränk die Nasenneben-höhlen, bevor mir hellbraune Rinnsale aus den Nasenlöchern laufen, oder ich gebe dem Druck nach, indem ich niese wie immer und dabei einen nach Kaffee duftenden Nieselregen in meiner direkten Umgebung niedergehen lasse.

Aber selbst wenn ich den Schluck Kaffee nicht nehme, bleibe ich mit meiner Nase in unmittelbarer Nähe der Tasse, denn ich will ja nach dem Niesen weitertrinken und entlasse somit den aufgestauten Druck ungebremst in meine Tasse, was dazu führt, dass der Inhalt aus eben dieser verdrängt, oder besser aus der Tasse gedrückt wird und sich in der Regel gleichmäßig über Pullover und Hose verteilt.

Ich bemerke allerdings auch einen Wandel. Immer mehr vor allem junge Frauen vertrauen auf den scheinbar urweiblichen Multitasking-Mechanismus und nehmen ihre Umwelt nicht wahr, während sie mit ihrer mobilen Telefonzelle am Leben teilnehmen.

Eine dieser Damen läuft durch die Stadt. Ihren Blick fest auf das Display ihres treuen Begleiters gerichtet, wandelt sie über die Einkaufsstraße. Um Kollisionen zu vermeiden, weichen ihr andere Fußgänger aus, so kommt sie relativ gut voran. Feste Hindernisse bleiben jedoch stehen, vor allem, wenn sie aus Beton sind. Eines dieser wegversperrenden Ungetüme ist ein kniehoch angelegter Brunnen, der als Darstellung der Hansestadt Wesel und ihrer Kommunen deren Lage am Rhein zeigt. Dieser ist als metallene Rinne angelegt und durch diese Rinne läuft Wasser. Logisch, denn der Rhein führt in der Regel auch Wasser.

Die Dame steuert smartphoneblind auf den Brunnen zu. Plötzlich endet ihr strammer Blindflug mit den Schienenbeinen an der Betonkante. Sie schreckt auf, ihr Telefon verlässt ruckartig ihre Hand und landet nach kurzer Flugphase genau in der Metallrinne, hier auf Höhe Xanten. Sofort taucht das sensible Hochleistungsgerät ab.

Die junge Frau kniet sich auf den Brunnen und krabbelt zu ihrem scheinbar nicht wassertauglichen Apparat mit dem angebissenen Apfel. Der Wasserlauf des Brunnens hat ein leichtes Gefälle, damit das Wasser auch wirklich fließt. Das Gerät ist wahrscheinlich sehr leicht, denn es schwimmt mit der Strömung und nötigt die junge Frau, auf dem Brunnen kniend hinterher zu krabbeln. Nach zwei Metern circa ist das Ende der Rinne erreicht, sie birgt ihr waidwundes Wunderwerk der Technik und trocknet es an ihrer Jacke ab. Ein Herr gesellt sich zu ihr und erklärt, dass sie das Telefon schütteln muss, damit das Wasser auch aus allen Öffnungen herausgeschleudert wird. Du Dame holt aus, will schütteln, vergisst dabei jedoch das Festhalten und das Plastikgeschoss fliegt gegen eine Hauswand.

Ich kann nicht genau schätzen, aus wie vielen Teilen ein iPhone besteht, aber zerlegt benötigt es etwa ein Quadratmeter Platz.

Stau-Idylle

Ich fahre gerne Auto. Gerne auch etwas flotter und da drängt sich die Autobahn ja quasi auf. Es ist Sonntag, ich befahre die Autobahn A3 aus Emmerich kommend in Richtung Heimat. Fast in der Mitte der Wegstrecke hat sich irgendeine Behörde dazu entschlossen, eine groß angelegte Sanierung für ein zwei Kilometer langes Stück Straße durchzuführen. Dabei wird die ansonsten zweispurige Autobahn auf eine Spur verknappt. Auf dem Hinweg nach Emmerich habe ich die Gegenfahrbahn auf Höhe der Baustelle betrachtet und keine nennenswerte Verkehrsstauung beobachten können, daher bin ich guter Dinge, als ich wieder heimwärts fahre. Aber es ist wie verhext. Kurz vor Hamminkeln bremsen die vor mir fahrenden Fahrzeuge ab und kommen bald komplett zum Stehen. Stau. Klasse. Im Auto läuft die Klimaanlage, draußen läuft nichts.

Vor mir lenkt eine junge Dame ihren Audi etwas unbeholfen. Der Begriff Rettungsgasse ist ihr fremd, sie orientiert sich bei den folgenden Anfahraktionen an den Streifen in der Mitte der Fahrbahn. Dies tut sie allerdings sehr zeitverzögert, denn ihr entgeht des Öfteren, dass sich die Fahrzeuge vor ihr in Bewegung setzen, denn ihr Smartphone scheint wichtiger zu sein. Ich erkenne, wie sie den Blick nach vorne richtet, wenn ihre Beifahrerin sie anstößt. Ich ermahne mich, ruhig zu bleiben. Im Spiegel erkenne ich weitere Rettungsgassen-Legastheniker, die Fahrbahn hinter mir ist komplett dicht. Auf der Überholspur schieben sich Fahrzeuge an mir vorbei und ich habe Zeit, meinen Blick schweifen zu lassen, da die Dame vor mir wieder an ihrer Telefonzelle herumdrückt.

Ein Porsche Cayenne rollt langsam an mir vorbei. Auf dem Beifahrersitz sitzt ein bisschen Hund. Wenig Körper, viel explodiert aussehendes Fell. Der Hund schaut in meine Richtung und ich winke ihm und mache einen Kussmund. Es bricht eine tierische Supernova los. Plötzlich besteht dieses Fellknäuel nur noch aus Zähnen. Ich nehme an, er bellt, denn Frauchen auf dem Fahrersitz erschrickt und rollt fast in das vor ihr fahrende Fahrzeug. Ihr böser Blick trifft mich, ihr Bolide rollt weiter an mir vorbei und der Wauzi springt in den Fond des Porsches, denn er ist scheinbar noch nicht fertig mit mir. Auf der Hutablage angekommen kläfft er weiter. Ich lasse ihn, denn ich bekomme langsam Puls, weil ich bemerke, dass die Dame vor mir wieder nicht auf den Verkehr achtet. Ich hupe ein erstes Mal. Sie erschrickt, ihr Fahrzeug rollt an, im Rückspiegel wirft sie mir einen bösen Blick zu. Auf dem Standstreifen fährt ein Auto an mir vorbei. „Frech" denke ich und überlege kurz, es ihm nachzutun.

Auf der linken Spur vermute ich einen Notfall, als ein rostiger Opel Astra langsam an mir vorbeifährt. Es qualmt, es wirkt, als ob dieses Vehikel aus dem Nebel des Grauens herausrollt. Trotz Filter in der Klimaanlage bemerke ich allerdings den Geruch von Obst. Kein Motorschaden nebenan, sondern lediglich E-Zigarettenraucher.

Mein Blick geht wieder nach vorne, wo sich die junge Dame im Audi ein neuerliches Hupen redlich verdient. Sie rollt an, es folgt erneut der böse Blick in den Rückspiegel. Allerdings kommen wir nun schneller voran als die Autos auf der Überholspur, und so erreiche ich wieder meinen Freund, den Hund. Er liegt auf der Hutablage und schaut etwas dämlich aus dem Heckfenster. Ich mache auf mich aufmerksam und werfe wieder Kussmünder zu. Maximale tierische Entgleisung im Porsche ist die Folge und ich kann mir vorstellen, dass die Fahrerin in diesem Moment froh ist, dass sie nur eine kleine Fußhupe spazieren fährt und nicht eine deutsche Dogge oder ähnliches. Die Dame vor mir muss erneut an gehupt werden, sie reagiert mit abfälligen Handbewegungen, fährt aber dann doch weiter.

Auf dem Standstreifen fahren erneut Autos an mir vorbei. Ich erreiche ein Schild. „Hamminkeln 1000 Meter". Weitere Fahrzeuge befahren die Standspur, ich möchte das auch, bin allerdings feige. Außerdem habe ich einen Bildungsauftrag – ich muss wieder hupen. Ich glaube erkennen zu können, dass die junge Dame vor mir lange Fingernägel hat, zumindest am Mittelfinger. Ich bleibe geschmeidig. Mittlerweile werden circa acht Fahrzeuge auf dem Standstreifen an mir vorbeigezogen sein. Sehr mutig, finde ich.

Im Rückspiegel betrachte ich das Treiben im KFZ hinter mir. Eine junge Familie aus den Niederlanden. Scheinbar ist der Vater müde, denn er hat seinen kleinen Sohn auf dem Schoß, der wild am Lenkrad dreht. Jobsharing. Super Idee, aber auf einer Autobahn... Naja, derzeit befinden wir uns ja eher in einem Verkehrsberuhigten Bereich, oder besser: auf einem Parkplatz. Ich löse die Situation durch ein sanftes Drücken auf die Hupe. Der Audi vor mir rollt an und wir rollen auch wieder. Die qualmende Obstplantage rollt an mir vorbei und nun hat man sich auch noch für Musik entschieden. Mein linkes Trommelfell hört „Die Böhsen Onkelz" Mein rechtes freut sich, dass es nur die Autos hört, die uns auf dem Standstreifen überholen. Noch 500 Meter bis zur Ausfahrt. Das Ende ist in Sicht. Allerdings steht mir ein Audi im Weg. Ich hupe, die Dame ist massiv verärgert. Sie zeigt mir, dass sie freihändig anrollen und gleichzeitig beide Mittelfinger zeigen kann. Multitasking. Ich bin begeistert.

Auf dem Standstreifen hat sich ein Stau gebildet. Kurz vor der Abfahrt bemerke ich auch, warum. Ein Streifenwagen steht mit Blaulicht eben auf diesem, die Besatzung steht neben dem ersten Auto und führt ein Gespräch. Wie gut, dass ich feige war. Auf dem Verzögerungsstreifen verlangsame ich meine Fahrt noch ein wenig und komme neben dem Audi fast zu stehen. Ich schaue rüber zu den beiden Damen und lasse mit meinem tadelnden Blick ein gewisses Unwohlsein aufkommen, denn die Beifahrerin rutscht in ihrem Sitz nach unten und die Fahrerin hebt entschuldigend die Hände. Ich will mal nicht so sein, denn ich habe ja den Stau hinter mich gebracht. Stau-Idylle, was willst du mehr?

Der lange Weg –
es ist Zeit, „Danke" zu sagen

Es ist vollbracht. Dieses Buch endet hier. Der Weg bis hier her war lang und in Teilen auch beschwerlich. Ich musste nicht nach Eingebungen suchen. Die Realität ist ja da draußen und sie trifft mich an jedem Tag mit voller Wucht. Das ist und war allerdings auch kräftezehrend.

Doch es gibt diese tollen Menschen um mich herum, die mich bestärkt und motiviert und an mich geglaubt haben.

Danke an die Frau an meiner Seite, die mich bestärkt hat, dieses Buch zu schreiben, für Zuspruch, Kritik und Aufmunterung.

Danke an den guten Geist, der sich nicht durch Rechtschreibfehler, eigenwillige Auslegungen von Grammatikregeln, Schachtelsätzen und meinem Kommafetisch hat entmutigen lassen.

Danke an euch, dass ihr bis zum Schluss dageblieben seid und bis hierher gelesen habt. Vielleicht ist diese Reise nicht die letzte und man liest sich nochmal.

Patrick Schraven